ハヤカワ文庫SF
〈SF2320〉

最終人類
〔上〕

ザック・ジョーダン
中原尚哉訳

早川書房
8639

THE LAST HUMAN
by
Zack Jordan

Translated by
Naoya Nakahara
First published 2021 in Japan by
HAYAKAWA PUBLISHING, INC.
This book is published in Japan by
arrangement with
INKWELL MANAGEMENT, LLC
through TUTTLE-MORI AGENCY, INC., TOKYO.

娘のロンドンへ

最終人類

〔上〕

登場人物

サーヤ……………………………人類
シェンヤ…………………………ウィドウ類。サーヤの育ての親
ヘルパー…………………………ヘルパー知性体。エースと名づけられる
フッド……………………………レッドマーチャント類の賞金稼ぎ
イレブン…………………………自律型与圧スーツ
マー………………………………リプタイド号の乗員。ストロングアーム類
サンドニバス（サンディ）……リプタイド号の乗員。マーの養女
ロシュ……………………………リプタイド号の乗員。アンドロイド
ライブラリアン類………………液体金属生物
オブザーバー類…………………集合精神

第一階層

1

ウィドウ類のシェンヤはほんの数年前まで冷徹な殺し屋だった。趣味の——いや、情熱のおもむくままに行動し、おおいなる満足を得た。夜ごと狩りをし、明け方まで狂宴をくりひろげ、とびきり上等の男を選んで長い昼の眠りにつく……。そう、いま思い出しても恍惚となる。しかし遺憾ながらいまは恍惚となる思い出だけだ。なぜならウィドウ類のシェンヤは身も心も征服されたからだ。

いにしえより伝わる強大な力。

すなわち母性に。

ゆえにいま、死の影をまとって寝室の閉じたドアの外にしゃがみ、さまざまな刃物状の外肢を静かに伸縮させ、光らせる。いずれこうなると自身の母から戒められていた。いまも狩りをしていたかもしれない。共同体とともに月影の森を走り、流血への欲望をたぎらせ、姉妹たちと狩りの叫びをあげ、美しい死に酔って……。しかしそれは過去だ。

脳裏でネットワークメッセージを作成した。

『娘のサーヤ。愛しいわが宝。おまえのためならいつ死んでもいいわが子よ。ドアを開けなさい。この刃がステーションの壁を切り裂くまえに』

特別な感情タグをいくつか添付したかったが、娘のネットワーク装具は低機能で読み取れないとわかっているのであきらめた。後頭部に埋めこまれたネットワークインプラントから送信した。

返信が届いた。

『エラー。装具は受信できませんでした。ごきげんよう』

シェンヤはゆっくりと怒りの吐息を漏らした。黒光りのする外肢の刃でドアをこつこつと叩きながら送信する。

『おもしろい返事ね。受信できているのはわかってるのよ、愛しい子。ネットワーク装具にまた細工をしたら……こうよ』

思いきり乱暴にメッセージを送信してから、ドアに体重をかけて鋭い外肢でひっかき、耳ざわりな音をたてる。

かすかに空気が漏れる音と、金属とキチン質がこすれる音をたてて、ドアが横に開いた。娘の部屋に満ちたまばゆい光がシェンヤをおおう。どうしていつもこんなに部屋を明るくしておくのか。目の痛みをこらえながら、光のなかから姿が見えてくるのをしばし待つ。その姿は奥の壁を背に、すわるというより床に崩れ落ちている。汎用スーツはしわくちゃでブーツは脱ぎ捨てている。袖は長く、襟は高く、頭と上肢の先だけがのぞいている。こんなわずかな体の露出でも、最近まで見るのが不快だった。

これを娘と呼ぶことになるとは予想もしなかったころ、外骨格を持たない知性体などありえないと思っていた。なにしろ外肢が四本しかないのだ！　しかもそれぞれ先端で五本に枝分かれしている！　悪夢のような姿だ。そればかりか、体表は清潔で美しいキチン質ではなく、脂ぎって血の色が透けた表皮におおわれている。調べると〝皮膚〟というらしい。これには毛がまばらにはえている。ところどころで密集し、とくに頭頂部ではウィドウ類に似た黒を呈し、長く太く伸びている。もつれたこの長い毛になかば隠れているのが、なんとも奇怪な目だ。その異様さときたら！　複数の色を持つこの二個の球体は、必殺の一撃のように鋭く光り、またウィドウ類の口器のように豊かに感情を表現する。そのありえない機能がいままさに働いている。視線の強さがまるで床を焼きそうなのだ。奇妙な二個の同心円から発されているのは――暗い怒りか。

「ドアを閉めていてごめんなさい。社会見学の準備をしていたの」

養女の娘は顔を上げずに言った。その上肢がウィドウ類の無作法な身ぶりに近い位置におかれていることに、シェンヤは気づいた。強い怒りをあらわしているのだとわかった。ウィドウ類の憤懣に近く、部屋の外のなにかにむけられている。

外骨格が金属をこする音をたてて娘の部屋にはいった。たぐいまれな捕食者にして、闇と稲妻をまとった残忍な魂の持ち主だが、その内側には親心がある。悪を見れば討ち、敵を見れば反撃するが、ちらかった部屋を見ると片づけたくなる。ウィドウ類のシェンヤは多数の外肢でそれをはじめた。

脱いだ汎用スーツ。これはすぐ洗濯だ。二本の外肢でたたんでドアの脇におく。巣——あるいはこの娘がベッドと呼ぶ場所はきれいに整えたい。べつの二本の外肢にその整然たる仕事をさせる。床にちらばったバー食品の包み紙は鋭い外肢で突き刺して回収する。洗濯物を集めおえた外肢は、今度は床から柔らかい黒い塊を拾い上げる。ウィドウ類の体形を模したなめらかな感触のこの人形は、数年前にシェンヤ自身が八本の外肢を駆使してつくったものだ。ベッドから放り投げられているのを見ると胸が痛む。あるべき場所にそっともどす。

「ネットワーク装具はどこ？」

ウィドウ類のシェンヤは温和かつ険悪な母性の声で尋ねた。ほぼ全方位を視野におさめる目で部屋の隅々まで探す。

娘は黙然として床をにらんでいる。

シェンヤは口器で悦にいった音を鳴らしたいのをがまんした。その理由の一つにはウィドウ類の怒りがある。怒りは天を衝くほど大きく、それでいて美しい。若く柔軟な精神に伝統的な価値観をすりこむのはだれもが苦労する。それが実を結んだのならうれしい。ただ……態度がふてぶてしくはないか。

状況に救われた。ひっかきまわす外肢の感触から、探しものはベッドの下にあるとわかった。ウィドウ類のシェンヤは引っぱり出しながら、その重さに心を痛めた。この装具は一般的に使われるネットワークインプラントを機能制限した代用品だ。娘はこれまでずっとこれを体にくくりつけて生活してきた。汎用品と呼ばれる古くてかさばる装置。シェンヤの頭にはいっている小型高性能なインプラントにはおよびもつかない。基本機能はいちおうおなじ。銀河全体に広がるネットワークにユーザーを接続する。ネットワークは美しさと意味にあふれ、自由自在なコミュニケーションを可能にする。脳内の無数の神経細胞が瞬時に信号を伝えあうように、ユーザー間をシームレスにつなぐ。しかしこのお粗末な装具では、ホログラフィは不安定で音声は雑音だらけ、メッセージはエラーだらけだ。

『……この刃物がステーションの壁を切り裂くまえに』

装具はシェンヤのさきほどのメッセージをちらつくホロ映像で投影しつづけている。

ウィドウ類らしい動きをするにはウィドウ類の体型が必要だと思いがちだが、かならずしもそうではないことを娘は証明している。起き上がり、床にすわって、曲げた下肢を上肢でつつむようにした。ウィドウ類もよくやる動作を、この……種属の娘もうまくやっている。この姿を見るとシェンヤは心のもっとも奥深いところが開かれる気がした。ちらかった部屋も、ふてぶてしい態度も、持ち物への乱暴な扱いもひとまず忘れる。多数の外肢は作業を中断して、娘の乱れた姿を整えようと集まった。皮膚でおおわれた頬を、嫌悪感を隠してそっとなでる。ほかの外肢で汎用スーツのしわを伸ばし、髪をとかし、計十本の小さな付属肢をつつんでやる。外肢の刃とおなじくらいに危険な口器からため息を漏らし、ささやいた。

「話しなさい、娘よ。なんでも話して」

娘は深呼吸して肩を上げた。肺を持つ種がよくやる強気の態度だ。静かに言う。

「今日は展望デッキに行くの。訓練生の採用枠が六人分もできたから」

「そんな方面に興味があったなんて……知らなかったわ」

頭のなかで簡単に正確な意思疎通ができるネットワークコミュニケーションが使えない

ので、シェンヤは慎重に言葉を選んだ。

すると娘は床にむけていた視線を火のように燃やして上げた。

「その参加条件を知ってる？」

もつれた黒い前髪のあいだから母をにらんで訊く。凶暴な目だ。娘の種属ではこの同心円の三色の目ににらまれるとどう感じるものなのか。中心が黒、そのまわりに茶色がかった金色、そのまわりに白。これは……怒りだ。

「いいえ」シェンヤは慎重に答えた。

「推測してみて」

「それは……やめておくわ」さらに慎重に。

娘は硬い口調で話した。

「条件は二・〇階層の知性。一・八階層は対象外」愛しい娘は、外骨格では不可能な動きで床につっぷした。そのままつぶやく。「頭の悪い種属は管制室にはいれないのよ！」

シェンヤは驚いた。

「わが子よ！　ウィドウ類のシェンヤの娘を、頭の悪い種属とだれが言ったの？」

娘はふてぶてしい態度にもどって答えた。

「みんなからそう言われてるわ。だって、そう登録されてるんだから」

シェンヤは非難がましい口調に気づかないふりをした。またこの話だ。

「娘よ、腹を立てるのはわかるけど――」

「いいのよ、どうせ参加はできなかった。ネットワーク化されてることも条件だから」娘はさえぎって、自分の頭を指先でつついた。普通ならインプラントがはいる位置。「装具では機能不足よ。要求されるのは即時の応答、明瞭なコミュニケーション、そして――」

残りの条件はうなり声に変わった。床の上のネットワーク装具を強く蹴飛ばしたのだ。

壁にぶつかるまえに、シェンヤは外肢で受けとめた。娘もそれは予想ずみ。シェンヤはさらに外肢を二本上げて、愛する娘の視線を自分にむけ、刃物の側面で顔を両側からはさんだ。娘は軽く抵抗したが、ウィドウ類のシェンヤは母であり、また狩人だ。この二つは運命のように変えがたい。小声で話した。

「娘よ。理由はわかっているはず」

サーヤは視線をあわせた。

「はっきり言うと、演技に疲れた。だれにもわかってもらえない……」言いよどんで、声を低める。「本当のことをみんなに明かしたら、どうなるだろうってときどき思うわ」

今度はシェンヤがあわてた。仕事やインプラントよりはるかに重大だ。低く小さな声で言う。

「だめよ、愛しい子」

ウィドウ類の母として力をこめる。

娘は母の目を見て訴えた。

「だめなの？　絶対にだめ？　本当のことを言えないの？　わたしは頭の悪い種属じゃない、わたしは――」

「言ってはだめ」

シェンヤは震えながら強くささやいた。娘の足もとの合成樹脂の床材を切り裂いた外肢を、意志の力で引きもどす。外肢の刃が期待に満ちていっせいに前方に伸び、力をこめる。その先端が愛しい娘の肌に届かないように耐えた。

「――人類だって」

娘ははっきりと言った。

シェンヤは床から立ち、多数の刃物は外へ伸びた。ステーションのだれもが恐れる声で言う。

「娘のサーヤ、付属肢を出しなさい」

しかし娘だけはその声を恐れない。視線をあわせたまま手をさしだす。手のひらを上に。体は年長者への敬意をしめした伝統的な姿勢。シェンヤにしてみればこれ以上ないほど皮肉っぽい態度だ。やはりきびしいしつけが必要だ。

　シェンヤはその手のひらに刃物の外肢の先端をあてた。手には薄れた白い跡が何本も縦横に走っている。

「娘よ、かつておまえが何者だったかは関係ない。重要なのはいま何者か。いまのおまえはウィドウ類よ」

　娘の手は動かない。ありえないことに、姿勢はますます皮肉っぽくなる。視線を母にあわせ、冷静に待っている。苦痛を予想しながら逃げない。ウィドウ類のように。

　シェンヤは感動した。〝恐怖せず苦痛に立ちむかう〟とは、ウィドウ類の本質をあらわす格言だ。この理念を子に教えこむことに多くの時間をついやす。その成果を目前でしめされると詩的な感興をおぼえる。

　誇らしさのフェロモンを漏らさないようにしながら続けた。

「おまえをウィドウ類として育てたわ。なぜなら、おまえの……種属の育て方を知らないから」

　娘は目をそらさない。挑戦するように外肢の刃を手で握る。

「言って。わたしは何者なのか」

「それは――」シェンヤは言いよどんだ。それどころか、驚いたことに自分が目をそらした。「――言わないわ」

　刃の下の手の震えを初めて感じた。シェンヤがだいじな娘の顔に目をもどすと、ちょうどその不思議な目に水滴が盛り上がるところだった。人類はよくこれをやる。体液を流して感情をあらわす。文献によれば〝涙〟というらしい。よろこびや嘆きのような強い感情のあらわれだ。この場合はおそらく……。

「どんな気持ちかわかる？」娘はささやいた。

　しつけをしようという気が急にうせた。だいじな肌を傷つけずに刃を遠ざけた。

「娘よ。わたしの中心、わたしの目的よ」

　硬い音をたてて輝く鋭い外肢で娘を抱きしめた。刃の側面をその壊れやすい顔に押しあて、口器で愛の表情を二倍も大きくつくる。きらめく複眼がその肌にふれそうなほど強く抱きよせる。

「万一おまえの正体がだれかに知られたら――」

　娘はため息をついた。

「わかってる。わたしを失いたくないのよね」

　シェンヤはついでに言った。

「べつの問題もあるわ」

「どんな？」

シェンヤは考えるように刃をくるくるとまわした。

「たとえば、おまえを狙う者をわたしは……なんというか……殺したくない」肩をすくめた。背甲からいくつもの外骨格が動いて外肢の先まで伝わる複雑で連鎖的な動作だ。「もしおまえがそれを言えばどうなるか……」

この理屈は効いた。娘はこらえようとしてこらえきれず、うっすらと笑いが浮かんだ。

「そうね。お母さんに無用な殺生はしてほしくない」

口と目が連携して動く独特の表情。微笑みだ。

娘の口の端がゆがみ、ウィドウ類と人類に共通の感情をあらわした。

シェンヤは言った。

「そうよ、わが娘。そんなことはしたくない」

「無関係の人を殺してしまう。無用な大量殺戮をしてしまうかも――」

「きっとやってしまうわ。義憤があれば。きっかけさえあれば――」

「止まらないわね。目に浮かぶ」

サーヤは小声で言った。母の刃を両手で持ってなで、そこに映る自分を見る。

シェンヤは娘をしばらくそうさせた。自分も殺戮を夢想して気持ちを慰めることがある。

人類もおなじなのだろう。しばらくして言った。

「母を安心させなさい。社会見学のまえに、いまの発言を訂正して」

娘はため息をつき、両足をそろえて立った。母は八本の刃を鳴らして折りたたむ。娘は低い声で言った。

「わたし、娘のサーヤは、ウィドウ類のシェンヤの養女です。種属は――」ため息とともに、「――スパール類です」

そして片手で標準語のサインをつくる。それは幼いときから使ってきたもので、〝申しわけありませんが、わたしは低階層なので話を理解できません〟という意味だ。娘は部屋のまんなかで肩を落とす。

「これで満足？」

いいだろう。種属間子育て法の勝利。かろうじての勝利だが、親としてやるべきことはやった。危機は回避された。シェンヤは楽しい話題に移ろうとした。

「ところで娘よ――」

「でもぜんぜん似てない」娘は顔をそむけてつぶやいた。「わたしをスパール類だと思うなんて、それこそ頭が悪いわ」

「娘よ、そんなことは――」

「話したっけ。樹木園で面接を受けるのよ」娘はさえぎって続けた。床の装具を不愉快そうに持ち上げる。「ええそう、頭の悪いスパール類でも居眠りしながらできるような仕事。本当よ。そんなところで働いているのはみんな法定外だから、わたしは最初から管理職かなにかに――」

「娘よ！」

シェンヤは辛辣に言った。娘はむきなおり、母の強いいらだちのフェロモンにまばたきした。手にしたネットワーク装具はまた新しいエラーメッセージを表示している。

「それはおいていきなさい」

シェンヤは光る刃で装具をしめした。

娘は口の両端でウィドウ類の笑いを小さく笑った。制御パネルを操作して装具をリセットする。

「それじゃあ裸で外出するようなものよ。ひどい性能でもないよりまし。一度つけずに出かけてみたら――」

「かわりにこれを」

ウィドウ類のシェンヤはさりげなく、小さな装置をさしだした。胸部のうしろに隠していたのだ。いままでずっと。

娘は目を見張り、驚愕した。下顎をがくんと落としたような表情が、かつてシェンヤは不愉快でならなかった。この反応はどう解釈すべきか迷いながら言う。

「養子記念日にあげようと思ったけど、先延ばししても無意味だから——」

無骨な装具のほうは床に落ちてゴトリと音をたてた。サーヤは贈り物に飛びついた。額につける小さな装身具とイヤホン。手のひらにのせて息をのむ。

「お母さん！　これを買えたの？　だってこれ……信じられない……すてき。完璧よ！」

シェンヤは言葉の端々に誇らしさをにじませた。

「カスタマイズしてあるわ。使い方にすぐ慣れるように親切なヘルパー知性体をインストールしてある。おまえは手術を——」

言いよどみ、どう続けるか迷った。〝——できない、なぜなら種属がばれるから〟と言ってしまうと、これまで苦労を重ねて築いたものが崩れてしまう。

「——手術をしないとしたら、これが次善の手段よ」

娘はなにも言わなかったが、自身の安全に無頓着になるようすから心中は察せられた。人類の笑い声を大きくたてて、鋭い外肢だらけの母に飛びついて抱きしめた。シェンヤは長年の経験から軟質化した外肢とキチン質のたいらな部分で娘を受けとめた。

「これはよろこびの涙でいいのね？」

刃の側面で娘の熱い頬をなでながら、ウィドウ類のシェンヤは言った。

「そうよ。ありがとう」

人類のサーヤは答えた。

2

昨日までのウォータータワー・ステーションは、沈黙した無機質な軌道ステーションだった。配色はよくいって工業的。どの壁も床も天井も灰色一色。たまにあらわれる派手なオレンジ色は、切断事故、窒息事故、その他の危険がある場所への住人の立ち入りを禁じる警告塗装だ。しかし住人たちはろくに見ない。無彩色の汎用スーツ姿で無彩色の通路を忙しそうに連なって歩く。目やその他の感覚器官は空中のどこかにむけている。

昨日までのウォータータワーはほとんど音がしなかった。数百種属、計二万四千人の居住者と訪問者が無言で暮らしていた。聞こえるのは生活音のみ。足音、靴音、車輪の音。汎用スーツの衣ずれと、生物がたてる不快な雑音。

どこまでも灰色。どこまでも無音で空虚。いっそ興味深いほどだ。それが昨日までのウォータータワー・ステーションだった。

今日はちがう。

今日のサーヤにはわかる。ウォータータワー・ステーションはかつて経験したことのない光と色と音にあふれていた。興奮して視線をむける先々で映像が飛び出してくる。それどころかぶつかってきそうに見えるので、口を閉じて身がまえ、しょっちゅうよけなくてはいけない。額の髪の生えぎわにつけた小さな装身具状のネットワークユニットと、耳にいれたイヤホンを指先でたしかめる。使いはじめてからネットワーク標準でまだ一時間だが、もう確信していた。これが現実なのだ。この投影された映像と音が現実で、いままで見ていた灰色の世界は偽物だ。もうどこにも灰色はない。風景とアートのむこうに消えた。色彩と模様と企業メッセージで視界は埋められた。

女神さま……。サーヤの頬はゆるみっぱなしだった。

ウォータータワー・ステーションの迷路のような通路をグループの最後尾について歩く。ぽかんと口を開けて見まわすには都合がいい。それでも周囲の視線には気をつける。この社会見学グループには一時的に参加しているだけだ。低階層なのにたまたまいれてもらえた。なんらかのネットワークの不具合で参加資格があたえられた。就職資格のないエリアを見学させてもらえるなんて、普通はありえない。

それでも参加できた以上は、一時的な同行者たちとおなじ資格がある。彼らが気にいらないなら――ウィドウ類の決まり文句を使うなら――刃の答えを見せてやろう。

まわりの人々について驚くほど多くのことがわかる。自分の知識が強化され、ネットワークの無限の空間に広がっている。わずか数立方センチの故障しがちなディスプレイに縛られない。視野は情報の洪水だ。市民に目をむけると、そのそばに名前と公開設定の経歴が表示される。繊細な書体や重々しい文字がスクロールする。本人の好みによって色がついたり動画の演出がはいったりする。それらの色と光が集まって雲のようなネットワークをなしている。身につけた新しいユニットはサーヤの視線を追い、興味を推測して情報を取捨選択する。それでもまだ膨大な量だ。

しかしツアーの参加者たちは情報がうるさそうではない。なぜだろう。興味レベルを下げているのか。広告や一部のチャンネルを止めているのか。サーヤの古い装具にもそういう調整機能があったが、じつは調整とは名ばかりで、オンかオフの二段階しかなかった。

もしかするとサーヤだけに見えているのか。たとえば店舗から次々と飛び出す驚異の映像。広告から出てきた小さな幻獣の群れが、宇宙船さながらにあたりを飛びまわる。独立した生命体のように生徒たちにまとわりつく。なのに……だれも気づいていない。その群れが雲のように消えて、あとに明るい企業メッセージがあらわれた。

『エイヴテックのインプラントは、ネットワークを体験する唯一の手段です』

だれも反応していない。思わずにやりとした。やっぱりそうだ！　希釈されない純粋なネットワーク体験は刺激が強すぎる。だからクラスメートたちは受容レベルを絞っているのだ。サーヤはちがう。低階層で、ネットワーク化されていない哀れな娘のサーヤ。しかし情報の洪水を全面的に受けとめられる。映像の幻獣にそっと指を出しながら、彼らのような無関心の穴にひきこもらないと決意した。死ぬまでネットワークに魅了されるだろう。女神さまのご加護を。

　鋭くとがらせたサーヤの爪の先にまとわりつくこの小さな幻獣！　銀河に広がるネットワークにはこんな楽しい仮想の生き物が無数にいるらしい。みんな遊んでみたいと思わないのか。たしかにたんなる広告の一部。売り上げ向上のためにつくられたもの。でもかわいい！　歩くとわらわらとついてくる！　サーヤの手と袖のまわりを飛びまわるようすには実在感がある。あやうく笑い声で通路の沈黙を破りそうになった。

『というわけで、民政局を見学してこいってパパが言うのよ』

　新しいメッセージが目のまえに表示された。銀色のフォントで美しく整えられ、空中に浮かんでいる。そばに**『ラマ』**と生徒の名前もある。読むと薄れて消えた。人々の考える言葉がこんなにたくさん！　いたるところに！　ネットワークユニットをつけるまで知らなかった。現実の九十五パーセントをこれまで見逃していたのだ。

『宇宙生物学を勉強するんじゃなかったの？』

べつの生徒が訊いた。ネットワークユニットによると名前は『**ジナ**』だ。ジナの文字は派手な青で点滅し、読むとまた煙のように消えた。

ラマが《**肩をすくめる**》と感情タグを表示した。実際に体を動かしたようには見えないが、ユニットが感知して、銀色の文字のタグに翻訳して表示した。

『**この星系には研究施設がないでしょう。かといってネットワーク旅行にはパパがいい顔しないから**』

ジナが派手な青い字で《**笑い**》と表示した。

『**もう小さな子じゃないのに心配しすぎよね**』

そんな二人をサーヤが目を輝かせて見つめていることに、そのときジナが気づいた。ラマもこちらに顔をむけ、ずうずうしいといわんばかりに一瞬だけにらんだ。一方通行のばつの悪い思い。《**軽蔑**》《**嫌悪**》という感情タグがラマとジナのそばにそれぞれ表示され、二人は同時にそっぽをむいた。美しい文字は消え、《**プライベート会話中**》という事務的な書体の表示に変わった。

サーヤはあわててうつむいた。またしても顔がほてる。これまでは似たようなことがあっても気にしなかった。でも……文字ではっきり表示されたのは初めてだ。いやな気持ちが押しよせ、楽しい気分は急速にしぼんだ。これまで何度あんな視線を浴びながら、その意味を解釈できずにいたのだろう。さまざまな種属から浴びたうつろな視線のどれだけが、〝軽蔑〟や〝嫌悪〟やそのたぐいの感情をあらわしていたのだろう。

ふいに床のあたりに通知が表示された。

『サーヤのヘルパーから助言させて！』

思い出した。ヘルパーがインストールされていると母が言っていた。でもいまは……拒否だ。両手で乱暴に横に払う動作をした。ユニットはそれを正しく解釈した。ヘルパーとは話したくない。だれとも話したくない。通路の広告からずっとついてきているバーチャル知性体の幻獣とも遊びたくない。楽しくない。うるさい。ほかのだれかのところへ行けばいい……。

幻獣が出す雲を両手で払いながら歩いていると、べつの生徒にぶつかってしまった。息で曇ったフェイスマスクがふりかえり、いくつかの目がまばたきした。甘い体臭がサーヤの鼻に充満し、目を刺激する。登録情報がその顔の横に表示された。

『ジョーブ（彼）、水棲集合類、二・〇五階層』

サーヤはあとずさって、小声で「気をつけろ」と言った。ウィドウ類の標準語での謝罪の言葉だ。そして静かな通路に声が響いてすぐに後悔した。列の前方で何人かが振り返った。

つらい現実を思い出した。新しいネットワークユニットがいくら高性能でも、あくまで装具の一種だ。頭にじかに接続してはいない。情報は一方通行でしか流れない。このステーションではたいていだれでも精神メッセージを送れるが、サーヤはできない。できるのは従来の方法だけ。つまり、視線や指で文字を選んで並べてメッセージをつくる。時間がかかりすぎるので、こんなときは使いものにならない。

二本の湿った手がずれたフェイスマスクをなおした。

「ああ、だいじょうぶだよ」その声はとても大きく、通路じゅうに響いた。湿った皮膚におおわれた腕を上げ、そこに固定した装置の小さな光のディスプレイごしに彼女を見て、続けた。「だいじょうぶだよ、サー……リャ」

表示されているはずの登録情報からウィドウ類の名前を苦労して発音した。

サーヤはあえて訂正しなかった。口をしっかり閉じて、相手よりもこちらへ集まる多数の視線とその感情タグを意識した。このステーションで数少ない自分以外の非ネットワーク化市民とぶつかったのは、幸運というしかない。しかも積極的に話しかけてくれる。大きな声まで出して。

「ああ、ごめん、きみの階層を見落としていたよ」ジョーブはあいかわらず装具ごしに見ながら、今度は一音ずつ区切りながら続けた。「ええと……。だい、じょうぶ、だよ、サー、リャ」

女神さま。最悪だ。文章を単純にして、大きな声で、ゆっくりはっきり発声する。いつものことだ。みんなからそうされる。とはいえ短時間のうちに二度目の屈辱。今度のほうがよけいに傷つく。胸のうちで怒りが燃えだした。

それでもサーヤは感情を爆発させない。ウィドウ類の養女として精神を鍛えている。歯を食いしばり、手のひらに爪をくいこませて、ウィドウ類の瞑想法の人類版をやった。痛みに意識を集中。母に教えられたとおりにする。痛みがよけいな考えを消してくれる。痛みは生きている証拠。相手のフェイスマスクを引っぺがしたい衝動も抑えられる……。

母もたじろぐほどの暴力的な妄想にふけっていると、グループが突然立ち止まって、サーヤはあやうくまただれかの背中にぶつかりそうになった。

「ではみなさん、よく聞いて」

教師が声に出して言った。静かな通路じゅうに響く。しわだらけの顔の横に名前と人称代名詞が黄色の文字で表示される。しかし見なくてもわかる。彼女はウォータータワーで一人だけの教師。もちろん名前も一つ。サーヤが普段勉強している低階層クラスの担任教師もおなじで、いまこの時間はそちらの教壇に立っているはずだ。それどころか、サーヤがこれまで所属したどのクラスもおなじ彼女が担任だった。低学年のころに、先生はいったいいくつ体を持っているのか、一年がかりでかぞえてみようとしたことがあった。しかし計画は中止した。直接的にも間接的にも妨害されたのだ。その経験で一つ学んだことがあった。高階層の人々はこちらを好きなようにだませる。だれも気づかないうちに。

　教師は続けた。

「ここがウォータータワー・ステーションの中央展望デッキです。みなさんはここで初めて、このステーションがなんのために存在するのかを見て知ることになります。一部の生徒さんは職場体験の日にまた訪れるかもしれません」

　生徒の多くが**《驚愕》**の感情タグを表示している。グループのほとんどだれも教師の声を聞いたことがなかったらしい。ネットワーク市民ばかりの文明的な空間では、教師はめったに声を出さない。必要ないのだ。必要があるのは、こんなふうにネットワークインプラントを持たない低階層の生徒がクラスにいるときだけ。

　グループのむこう側でジナがラマをつついて、意味ありげな視線をサーヤにむけた。教師が声を出して話す理由を理解したのだ。サーヤはその視線を平手打ちのように受けとめた。歯ぎしりする。頭のなかでウィドウ類の呪文を再開した。つらい仕打ちばかり受ける子ども時代に身についた反応だ。わたしはウィドウ類、この怒りは武器。わたしはウィドウ類、この命は自分のもの。わたしはウィドウ類、姉妹からつけられた傷のほうが……。

突然、背後から生物のたてる不潔な音が聞こえて驚いた。

「ぼくはまた来ます！　ぼくがネットワーク化するまで待つと言われました！」

ジョーブだ。湿った腕を振っている。

サーヤは耳がおかしくなるほど歯を強く食いしばった。拳に食いこんだ爪から血がしたたりそうだ。このジョーブという生徒はなにも悪くないが、それでも急に憎らしくなった。将来はネットワーク化する予定なのだ！　低階層のふりをしなくていい！　刃の外肢を持たない弱虫のくせに。

頑丈な防護扉が開く音がして、教師の見慣れた身ぶりとともにグループは室内にはいった。低階層でネットワーク化していないサーヤは本来はいれない場所。不愉快な出来事の連続で暗い気分になっていたところに、すこしだけ好奇心がもどってきた。

扉のむこうは真っ暗だったが、ただの暗闇ではなかった。ネットワークユニットが空間を測定して、壁と床をしめす補助線を表示した。ステーションの強力な工業用無臭化因子が鼻にはいり、すぐににおいを感じなくなった。多種属が密集して勤務する空間として設計されている証拠だ。さまざまな知性体の存在がまず耳でわかった。皮膜がこすれ、キチン質がきしみ、肺が収縮する各種の呼吸モードの音がする。そのほかの小さな音と湿った空気が壁のように感じられる。

『**測定完了**』

ネットワークユニットがようやく通知したが、そのころには目が暗闇に慣れておおまかに室内が見えるようになっていた。わずかな光がまたたく暗い部屋のいちばん高いところに自分たちはいる。そこから階段状に黒い座席が並び、むかいに高さ十メートルくらいのなにもない壁がある。座席にはさまざまな種属の職員がすわり、暗闇を見ながらなにかのデータを触手や外肢で操作している。

一部の職員の隣には、おなじ姿の教師が何人かついて話している。なるほどと理解した。これらの教師は彼らにとっても先生なのだ。ウォータータワー・ステーションの全住民が一人の先生から教わっている。彼女は何百歳なのだろう。

「ここは、ステーションの、いちばん、古い、場所だよ」

すぐそばから湿った声がした。ぎょっとして隣のフェイスマスクをにらんだ。ジョーブはサーヤより五十センチほど背が低く、小太りで、肌は脂でぬめっている。無邪気な大きな目でこちらを見ている。ああ、女神さま。彼は親切な上位階層の指導役をかってでているのだ。にらまれているのも気づかず、続ける。

「ぼくの、父親の、一人は、ここで、働いていた、ことがあるんだ。ここは、ステーションで、いちばん、眺めの、いい場所だ、そうだよ」

サーヤは念じた——わたしはウィドウ類、この怒りは武器。わたしはウィドウ類、母娘に秘密はない。わたしは……。

「ぼくの、名前は、ジョーブだよ。もし、情報が、読めていないなら」

本物のウィドウ類なら自制できるだろう。本物のウィドウ類なら、その凶暴な外見のおかげでそもそも気軽に話しかけられない。しかしサーヤはウィドウ類ではない。人類だ。ウィドウ類でありたいと願いながらスパール類のふりをしている人類だ。固くかぶった殻の亀裂から高温が漏れ出るのを感じた。気がついたときには相手のフェイスマスクをつかんでいた。体温とぬるりとした表面を手で感じる。怒りをこめてささやいた。

「よく聞いて。わたしは標準語を不自由なく使える。ばかじゃないのよ。わたしは——」

言いそうになった。長年のいらだちを一つの言葉で叩きつけそうになった。しかし母のこれまでのしつけと恐れが働き、寸前でこらえた。耐えた。ジョーブのフェイスマスクを人類の手でつかみ、身震いしながらその目の一つを穴があくほどにらむ。

『市民から手を放してください！』

ジョーブの顔の上に文字が表示された。オレンジ色の警告表示。しかしここから物理的な拘束に移行するまで数秒の猶予があることを経験的に知っている。充分な時間だ。

「娘のサーヤ、なにか問題があるの？」

近くから教師の声がした。やさしく、同時に威圧的な口調。それが腹立たしい。

問題？　もちろんある。ありすぎて順番にあげるのが難しいくらいだ。まず、この展望デッキの全員が、いや、このステーションの全住民が、サーヤのことを愚か者だと思っている。低階層なのでこの展望デッキには二度と来られない。そもそも登録された階層が正しくない。サーヤは愚かなスパール類ではなく、人類だ。なのにそれを公言できない。言えば大騒ぎになる……。こんなふうに問題のリストは長い。ぜんぶ挙げたら一日かかる。

サーヤは口を閉ざした。不愉快なドローンの群れに連行されて家に帰るのはいやだ。

「いいえ。問題はありません」

ジョーブのマスクを放し、両手を汎用スーツの裾でぬぐった。

「では続けていいかしら」教師は言う。

「どうぞ」せいいっぱいの不快感をこめた。

「ありがとう」べつの教師の体が言った。顔のそばに文字も浮かぶ。暗い室内でとても明るい。「生徒のみなさん、目があるなら閉じてください」

『放射線シールドが六秒後に開きます』

正面のなにもない大きな壁に警告文があらわれた。職員の多くは顔のまえに個人用のシールドを下ろし、残りの者は顔をそむけた。サーヤはあわてて細目になる時間しかなかった。

靴の裏で機械の振動を感じ、正面の壁から強烈な光がさしこんできた。

（「ネットワークへようこそ！」改訂5600109c版一・八〜二・五階層用F型比喩表現）

この市民社会へようこそ！

数十億年前、よどんだ濃い水たまりで魔法のような出来事がありました。そのときからみなさんの種属は長い旅をはじめました。その旅は長く、壮大で、ときに悲劇的で、つねに予測不能でした。子孫が将来成し遂げることを、最初の有機分子が知ったらなんと言うでしょうか。これほど美しく複雑な姿になるとはもちろん予想外でしょう。外部の助けをいっさい借りずに[*1]故郷の惑星を離れ、広い銀河に出られるとは思わなかったでしょう。なにより、自分たちにこれほど幸福な生存段階が提示される日がくるとは想像しなかったはずです。

それがネットワーク市民という段階です。

ネットワークとは？

ネットワークは銀河史上最大の知性体の集まりです。五億年以上前から数百万種属のコミュニケーションをささえ、紛争を防ぎ、科学技術の提供と規制をおこなってきました。

それを一言であらわした有名なフレーズが、〝ネットワークは秩序を指向する〟です。これこそが完璧な均衡を長期間維持できている理由です。

　ネットワーク市民になることで、みなさんの種属もこの恩恵を受けられます。

ネットワークの大きさは？

　ネットワークの規模をみなさんの精神で理解できる言葉で正確に述べるのは困難です。現在十億以上の星系をつなぎ、百四十万以上の知的種属のほぼすべてのメンバーが加入しているといえば充分でしょう。さらに接続した市民メンバー一人につき多数の補助知性体が割りあてられ、雑事の円滑な処理を助けています。これらの知性体の大半は法定外ですが、彼らもネットワークを構成する膨大な知性体の一部です。

ネットワーク加入で種属が受ける恩恵は？

　平均的な市民種属が得られる恩恵はいくらでもあります。ある種属にとって重要なのは共通言語のネットワーク標準語でしょうし、べつの種属にとってはネットワーク亜空間トンネルを使った超高速旅行とデータ転送[*2]でしょう。各種の補助知性体が制限なく供給され、あらゆる仕事と状況の処理をまかせられることも挙げられます。

しかし高階層の知性体がネットワーク最大の利点と断言するもの。それは安定です。そうです。社会崩壊、侵略、戦争、疫病などの困難をもはや恐れずにすみます。みなさんが知性を持つより昔からネットワークは科学技術の均衡を維持してきましたし、みなさんの絶滅後も続きます。ネットワーク加入は種属を超えた大きな集団への参加を意味します。

みなさんを歓迎します。

次にすべきことは？

みなさんの種属にはあらゆる権利と特典がついた仮市民権が十二年間にわたって付与されます。暫定知性階層（二・〇九）が認められ、お住まいの星系には暫定ネットワーク亜空間トンネル（運搬能力毎秒六兆トン、座標情報つき）が開かれます。さらに種属内配布用のネットワーク装具、約六十億個を送付します。残念ながら低階層なので全銀河にはアクセスできませんが、試用期間中に自力で探索可能な範囲よりはるかに広い数百万カ所の星系が渡航可能になります。

さあ、出かけましょう！　ネットワークの多数の会員を訪問してみてください。友人が何人かできれば、安全な環境で繁栄する社会のありさまをご理解いただけるはずです。

楽しいご旅行を！

――――――

＊1　すでにご存じのように、みなさんはネットワークが将来の市民候補のためにもうけた厳格な隔離状態でこの旅をしてきました。

＊2　ネットワークは銀河系で唯一の安全で承認された超光速ソリューションを提供します。

3

巨大ガス惑星の輪に住む。

頭でこれを理解するのは簡単だ。文章にすれば単純明快で自明。どこに住んでるの？ ああ、軌道上の水採掘ステーションよ。恒星系の図を広げて、小さな点の隣にあるべつの小さな点を指さす。

その小さな点を生で見るのは、まったくべつの経験だ。

サーヤはいまその経験をしていた。そして頭が機能停止していた。全面窓に顔を押しつけている。どうやってここまで移動したのか記憶にない。まばゆくて目はほとんどあけられない。それでもこの透明な特殊素材の板に文字どおり全身をはりつけている。たぶん口はぽかんとあけているだろう。

眼前に広がる光景に現実感を破壊されるのは、この日二度目だ。五感を圧倒される。とにかく……壮大だ。そうとしか表現できない。女神さま、ほかにどう形容すれば……。

そう、ほかに形容するなら、金色だ。なにもかも金色。まばゆい溶鉱炉の輝きがすべてを満たしている。金色に燃える地獄の上空二十万キロメートルに、サーヤはあてどなく浮かんでいる。大きな月より太い稲妻が大気圏を縦横に走る。一回でウォータータワー・ステーションを何百年も稼働させられるエネルギーを放出している。その稲妻よりさらに巨大な低気圧の雲が渦を巻く。沸騰する死の惑星。ステーションを重力の手でとらえた怒濤の球体。落ちればサーヤとその愛するすべてを原子レベルまで分解する……。

それでもいいと、いまは思えた。それほど美しい。

眼下の凶暴で荘厳な眺めからゆっくりと思考を引きもどす。震えている自分に気づいて驚いた。それどころか……ああ、女神さま……泣いている。涙が頬をつたっている。ネットワークユニットの焦点がぼやけるので汎用スーツの袖でぬぐった。人類の体はこれだから困る。すぐ水を漏らす。

正常にもどったオーバーレイ表示に多数の文字があらわれた。燃える惑星を背景にした数百個の影がハイライト表示される。まばゆい惑星表面に幾何学的な形の黒い穴があいているように見える。サーヤが人類の欠点の後始末をしているあいだに、ユニットはこれらを分類し、公共データベースなどで形状と位置を照合した。そして判明したものからラベルをつけていった。

大きな塊は惑星の輪を構成する氷塊だ。近傍軌道に牽引されてきて採掘を待っている。一部はステーション支部と表示されるが、どんな施設なのか不明。船もある。乗ったことはないが、氷塊とのシルエットのちがいはユニットに補助されなくてもわかる。惑星のまばゆさに目を細めながら船名を読む。あの無骨な輪郭線は『**スペアフィッシャー号**』。あそこを漂っているのは『**バースト・オブ・ブロッサムズ号**』。隣の細長い船体は『**新型超大型貨物船二世号**』。遠くに浮かぶ小さな小石のようなのは『**リプタイド号**』と『**スイフトネス号**』。光り輝く『**ブレージングサンライト号**』……。まだまだ何百隻もいる。

船を見ているサーヤの背後では、教師の体の一つが退屈な日常を思い出させる声で話していた。

「……近傍十二光年で最大の水採掘事業で、千年近く操業を続けています」

すると、おなじく背後の生徒の一人が明るい白の文字で質問した。

『**枯渇するのはいつですか？**』

その文字はサーヤの視野の端にあらわれ、眼下の惑星の眺めをさえぎった。短いネットワーク経験で初めて情報がうるさいと感じた。

「いい質問ですね。答えはしばらく――」

教師の答えにかぶせるように、べつの声が言った。

「すばらしい質問です、ブロカ」親切で温かく、信頼感のある声がサーヤの心を震わせた。

「現在のペースで水を採掘しつづけても、事業は一万九千年先まで継続できます」

窓の外の荘厳な眺めに惹きつけられていたサーヤも、この声には抵抗できなかった。振りむいて声の主を見た。ウォータータワーの声はこれまでもよく聞いていた。広いコンコースや狭い通路で流れる案内の音声だ。それらはもっとよそよそしく機械的だった。しかしこうして間近に聞くと、なぜか人類特有の反応が起きて目頭が熱くなる。また涙。

部屋の中央に銀色の光が浮いている。教師の二つの体のあいだ。光の隣には情報が表示されている。

『エリー（彼女）、独立種属、二・七階層』

「ようこそ、エリー」教師の体の一つが言った。その細面の隣にネットワークユニットが**《いらだち（小）》**という黄色い文字の感情タグを表示する。「では、解説の残りをおまかせしてもよいですか？」

「よろこんで」銀色の光は言った。その声は温かい波のように展望デッキに広がる。「協力を求められるのを予想して、じつは多少の準備をしてきました」

サーヤの隣からささやく声があった。畏敬をこめた湿った声。

「ステーション知性体だ。ものすごく頭がいいと父さんが言ってた」

「お父さんがそう言ってくれたとはありがたいですね、ジョノボの息子のジョーブ」

エリーが言った。豊かな響きの声で名前を呼ばれたジョーブは驚いている。

「ある意味でそれは本当です。わたしはこのステーションで唯一の第三階層の知性体なのです」

すると教師が注釈をはさんだ。

「生徒のみなさん、正確にはエリーは二・七階層です。ウォータータワーに第三階層の知性体はいません」

「そのとおりです」エリーはよどみなく続けた。「わかりやすくいうと、このクラスの平均知性の約五・五倍です」

「それでもこの規模のステーションの平均以下です」

教師はまた注釈をいれた。《**いらだち**》という黄色い感情タグから《**(小)**》がとれた。

「ステーションは長期にわたって成長を続けています。わたしのもとで好調な運営を続けて千五百年近くになります」

「おや……」教師はわざと驚いた顔をした。何人かいるその顔のそばには《**礼儀正しい好奇心**》のタグが浮かんだ。「なのにここから去るそうですね」

『エリーはいなくなるの？』

数人の生徒が発したメッセージがサーヤのオーバーレイ上を飛びかった。

「どこへ行くんですか?」ジョーブが思わずというようすで質問した。

「生徒のみなさん、じつは先生のおっしゃるとおりです。第三階層にかぎりなく近いわたしにとって、このステーションは少々大きくなりすぎました。そこで今世紀を最後に契約を更新しないことに決めました。いま仕上げ段階にある大型製品を最後に、ウォータータワーでの完璧な任期を終えたいと思います」

「この場合の完璧という意味は——」

教師の注釈をエリーはさえぎった。

「解説プレゼンテーションのリズムがだいなしになるので言葉の解釈はひかえてください。生徒のみなさん、下の惑星を見てください。先生が用意していた内容より興味深い話をしましょう」

サーヤはふたたび窓に張りついた。ほかの生徒たちもいっせいに群がり、まばゆさに目を細めたり、ほかの感覚器を外肢でおおったりしながら、ステーションのむこうにある火球を見はじめた。サーヤはほかの生徒を気にせず、目を見開いて、回転する氷塊や漂う船のほかになにかあるのかと探した。すると右のほうの生徒が嘆息を漏らし、その反応が近づいてきた。冷たい窓にさらに強く額を押しつけ、視界をすこしでも広くとった。

見えた。

窓の下端から光るものがあらわれた。まるで基質のなかで成長させた結晶のようだ。とても細身で、まがまがしいほど鋭く、宇宙よりも黒い。惑星の手前を斜めにゆっくり横切りはじめる。やがて惑星は燃える二つの半球に切り分けられた。

「これが長くとがったもの《ロング・アンド・ポインティ》号です」エリーが言った。

「示唆に富む名前ですわね。いったいなにを意味しているのか」教師が言う。

「顧客による命名です。通常、わたしたちはもっと威厳のある名前をつけますが、顧客は集合精神なので少々変わっています」

「そうなのですか？」

教師の驚いた顔のわきに**《驚愕》**という感情タグが表示された。

エリーは教師の問いを無視して続けた。

「これの全長は四百キロメートルです。過去最大の製品であり、これでもまだ一部です」

氷の剣は進みつづけ、惑星をさらに分断していった。大きさは想像を絶する。四百キロメートル。ウォータータワー・ステーションと比較したら……サーヤが住む世界のすべてであり最大の構造物であるこのステーションより、八十倍も大きい。両者を並べて想像した。この黒い剣の隣にまったくおなじステーションを八十個も連ねなくてはいけない。この恒星系にそんなに大量の氷があったのか。しかもそれを一つにまとめるなんて。

「まるで……宇宙船みたい」サーヤは小さくつぶやいた。

「そのとおりですよ、娘のサーヤ」

エリーに呼ばれてサーヤは全身が熱くなった。存在を認識された。第三階層にかぎりなく近い知性体から話しかけられた。ジョーブでもラマでもなく自分が。しかも名前を呼ばれた！

エリーは続けた。

「氷でできた全長四百キロメートルの宇宙船です。ずっと見ていれば四時間後にエンジン区画が通過します。しかも一隻ではありません。数十年間におなじものを九十九隻建造しました」

サーヤは愕然とした。これが百個も？　いったいどこにそんな氷が……。

『どうやって運ぶんですか？　ネットワークを使って？』

ジョーブの湿った頭の上にメッセージが表示された。**《誇らしげ》**という感情タグもサーヤのユニットが表示した。ジョーブは腕のディスプレイとユニットで苦労してメッセージを打ちこんだのだろう。

「ちがいますよ、ジョーブ」エリーの温かい声で呼ばれると名前に箔がつく。「これほどの質量をネットワーク経由で送ったら、水より高い費用がかかります。輸送にはべつの方法をもちいます。星系のネットワーク通路から離れ、深宇宙へむかわせます。亜光速では数十年、場合によっては数世紀かかるでしょう。さいわいにも顧客は集合精神――みなさんの先生とおなじですが、階層はもっと上です。そして集合精神の顧客は注文品が届くのが数世紀先でもいといません」

　教師は感情を押しころしていた。サーヤは生まれて初めて教師をかわいそうに思った。普段は集合精神に共感などしないが、いまその多くの頭によぎる思いがわかった。

「この顧客はとても変わっています」エリーはかまわず続けた。「自分の個体を数千人派遣して船を試運転させています。全乗組員が彼です。通常であれば数千の法定外知性体をこちらから提供して各船を操縦させるところです。このような目的に法定外は最適です。しかし顧客は自分でやるといって聞かないのです」

「顧客はあれを……どこへ行かせるんですか？」サーヤは質問した。

「それはこちらとは無関係です。とはいえ、派手な結果が想像できます。この製品は高エネルギー・テラフォーミング用に設計されています」

　教師の体のいくつかが片手を挙げた。

「生徒のみなさん、つまりそれは――」

「――数十億トンの氷を惑星に突入させるつもりだということです。きわめて高速に、立て続けに百回」

エリーがみずから解説すると、ジョーブが《驚愕》をあらわした。

「これを百発も浴びたら……惑星は大変なことになる……のでは？」

エリーは小さな笑いを漏らした。

「この氷塊船一隻分の運動エネルギーで惑星上の文明は破滅するでしょうね。その気になれば顧客は百個の惑星から知的生命を一掃できるわけです！」

教師があわてて割りこんだ。

「でもみなさん、顧客はそんなことをしません」ネットワークに生徒たちの反応があらわれるまえに否定した。複数の体からエリーの銀色の光へ険悪な表情をむける。「するつもりはありませんし、しようとしてもテラフォーミングはネットワークによって厳格に規制されています」

「ああ、先生、落ち着いて。すべて仮定の話ですよ。それがわかるには高階層の知性が必要ですけどね。植民された惑星でやれば災厄になるでしょう。しかし無人の適当な砂漠の惑星を選んで百発落とし、数百年煮えたぎらせてから自然冷却させれば、美しいＦ型世界ができます」

「あの……どうなるんですか……顧客自身は？」サーヤは窓の外に目をやりながら質問した。「つまり、顧客の一部は船を操縦しているんですよね。そのまま突っこむんですか？」

「集合精神は自分の一部を喪失することを気にやみません。とりわけこの顧客は数十億の個体で構成されていますから」

教師がエリーの銀色の光をにらんだ。

「参考までに、どの集合精神もそうというわけではありません。個体を大切にする集合精神も――」

「もちろんです。あなたたちはみんな特別で唯一無二ですよ」エリーはやさしく言った。

「そりゃどうも……」

サーヤは氷の剣のほうを見ていたせいで、しばらくしてから異変に気づいた。最後の返事は教師の声ではなかった。小さく……引きつったような声。それでいて教師の声とおなじく複数の位置から発声されているとはっきりわかる。

急いで振りむいた。急激な動きにオーバーレイの表示がついていけずに乱れる。

数メートルうしろ、生徒たちがあわててあとずさる輪の中心に、二人の人影が立っている。その生物学的形態はサーヤとよく似ている。二本の腕、二本の脚、頭は一つ。ただし身長は一メートルに満たない。真っ白な蓬髪の下に大きな金色の目を二つのぞかせる。袖なしの無地のチュニックを着て、小刻みな体の動きにあわせて裾を揺らしている。なんとなく見覚えのある装置を一人が小さな両手でささげ持ち、それを通して室内を見まわしている。

　とたんにエリーの声が心底不愉快そうに変わった。

「あら……まあ。生徒のみなさん、予期せぬお客さまですわ。顧客ご本人さまが登場です！　いらしていたなんてすこしも気づかずに――」

装置を持っているほうがそれ越しにエリーの銀色の光を見た。

「よく言われるぜ。俺は存在感が薄いんだ」

「心からお詫びしますわ。まさか――」

「気にすんな。てめえみたいな低階層はどうでもいい」もう一人が言った。

「そう……ですか」

教師が窓の外をしめして言った。

「あれを設計なさったんですか？　美しいですわ」

　サーヤはネットワークユニットの補助なしでも教師の声にこめられた敬意がわかった。

「だろう？」

片方が言って、二人そろって窓へ歩みよった。生徒たちはつまずきながらあわてて道をあける。二人は外を眺めた。装置を持たないほうは背中で手を組んでいる。五本指だとサーヤは見てとった。

「あれで文明を消滅させるのが楽しみだぜ」

生徒たちはしんと静まりかえった。教師も**《驚愕》**の表情だ。

沈黙をジョーブの声が破った。

「ええっと……それは……冗談？」

一人がくるりとむきなおって声をあげた。

「おもしろいな、このガキ！　あるいは小僧か、坊主か、青二才か、若造か。なんでもいいが、ユーモアのセンスのあるやつだな。名前はなんていうんだ、ちび助？」

ジョーブは目をぱちくりさせて困惑している。名前、人称代名詞、略歴その他の情報は顔の横に表示されているはずだ。それが見えないということは……。

「二人ともネットワーク化されてないんだわ」

サーヤはつぶやいた。手にした装置に見覚えがあるのはそれだからか。ネットワーク装具だ。ありえない事実に茫然とした。これほど高階層の知性体が、自分とおなじように非ネットワーク化市民なのか。

片方がサーヤのほうを見ずに訂正した。

「二人じゃねえ。一人だ。俺はネットワーク化してない。全個体がな」

サーヤはうつむいた。高階層者の人称代名詞をまちがえてしまった。

「そんなつもりは……」

「今回の訪問ではこいつを借りたが――」一人がネットワーク装具をじっと見てから、高くかかげた。「――クソ重いな！」

もう一人が続ける。

「昔ながらの方法がなんでもいちばんさ。内では昔ながらのテレパシーで伝え、外では昔ながらのネットワーク標準語でしゃべる」

「そのとおりですね……」教師の体のいくつかがつぶやいた。

装具を持つ個体がジョーブにむきなおった。

「さて、てめえの話だったな」

ジョーブは湿った脚で姿勢を正した。

「ぼくはジョーブだよ」

「こうやって自己紹介するほうがネットワークのオーバーレイで見るよりずっといいと思わねえか、ジョーブ？」左側の個体がよどみなく名前を発音した。「よろしくな。俺の名前を原始的な生物の口で発音しやすいようにいうと、オブザーバー類だ」

右側が続ける。

「名前っていうよりニックネームだけど、発音しやすいだろ」

長身の生徒が人垣をかきわけて最前列に出てきた。

「わたしはラマよ！」

初めて聞くその声はかん高い。歯擦音だらけの標準語で聞きとりにくかった。

「やあ、ラマ！」オブザーバー類は答えた。

「わたしはブロカ！」

べつの生徒が不明瞭な声で言うと、オブザーバー類はそれも完璧に発音した。

「ブロカ！　かわいい名前だな！」

たちまち生徒全員が自分の名前を標準語で発音しはじめて、あたりは原始的な生物の口がたてる騒音だらけになった。なかには初めて発声する生徒もいるようだ。

「待てまて、ガキども！　全員に挨拶してる暇はねえんだよ。俺だって用事があって来てるんだ！」

オブザーバー類は四つの目の隅にしわをよせ、二つの口の端を吊り上げて白い歯をのぞかせた。サーヤはこの表情を見てはっとした。このステーションのどの種属も感情を伝えるさまざまな身ぶりと表情をするが、どれもサーヤには理解不能だ。しかしこのオブザーバー類の表情は……自分もときどきしている。たとえば、うれしいときにする。何度も鏡を見ながらウィドウ類の口器を小さく動かす表情に変えようと努力してきた。しかし資料のホロ映像で見る人類もこれとおなじ表情をしている。これは……微笑みだ。

そのときオブザーバー類の二人が動きをそろえてサーヤにむいた。二つの口で言う。

「やあ、てめえはそこにいたのか」

サーヤは無言で目を丸くした。女神さま、いったいどうなっているのか。天地がひっくり返るような驚き。今日これで三回目だ。凝然と立ちつくす。しばらくして、まわりじゅうの目と感覚器が自分に集中しているのがわかった。咳払いをして言う。

「あの……どこかで……?」

微笑みのままオブザーバー類の片方が答えた。

「会ったことがあるぜ、娘のサーヤ。ずいぶんひさしぶりだけどな」

もう一人がつけ加える。

「もちろん、ひさしぶりなのはてめえにとってだ。俺にとってはまばたき程度さ」

サーヤはなにを言えばいいか、そもそもこの場は個人的な話題にふさわしいのかもわからずに、口ごもった。

「会ったことが……あるんですか？」

言ったとたんに、ばかなことを訊いてしまったと思った。

オブザーバー類は二つの口をゆがませてにやりとした。装具を持ったほうが言う。

「ああ、あるぜ。しかし思い出話はあとにしよう。とりあえずだな……数十億トンの塊を直感で操縦してみる気はねえか？」

もう一人が微笑みのまま続ける。

「ちょっとミスったら全住民が悲劇的な死に方をするようなやつだ」

サーヤは頭が追いつかない。

「えっと……」

「とにかく、このステーションに俺の知りあいが来てる。そいつはまだ法定外とかいう有象無象といっしょに巨大氷塊船を操縦してはいない。そいつのところへ行って話を聞いてこいよ」

もう一人が続けた。

「彼はいまドックAにいる。ちょいとばかり低階層だが――」声を低めた。「――てめえらとはおなじくらいだな」

エリーの銀色の光を横目で見て判断した。

「でも急げよ。いつ出港してもおかしくないぞ」

サーヤは動かなかった。動けない。これまでのどんな経験も追いつかないことが自分に起きている。

小柄な二人はそれぞれ一本の指をこちらにむけ、指先を曲げてみせた。そばへ来いという意味だと解釈できた。

サーヤはためらい、一方を選んで姿勢を低くして、その口もとに耳を近づけた。指先で額をふれられて飛び上がる。肌のその一点が電気が通ったようにひりひりした。

「てめえの生まれを知ってるぜ」オブザーバー類はささやいた。

4

サーヤは通路を二百メートルほどよろめき歩いた。周囲がなにも意識にはいらない。体は震え、両手は押さえつけるようにポケットにつっこんでいる。明るい新世界のはずのネットワークが、いまはぼやけて支離滅裂な光の渦になっている。

〝会ったことがあるぜ、娘のサーヤ〟

広告と多数の市民を無視し、あいだを縫って歩く。曲がり角は無作為に曲がる。どこを歩いているのかわからない。どうでもいい。

とうとうだ。サーヤが心から望み、母が心から恐れていたことが起きた。生まれて初めて認識された。種属を認識されただけでも大変なのに、個人として認識された。あのオブザーバー類は母のように……いや、母以上にサーヤを知っている。

生まれを知っているぞとオブザーバー類は言った。母に尋ねると――一度ならず不愉快そうに――知らないと答えるのに。

手がかりは曖昧模糊とした最古の記憶だけ。不鮮明で役に立たない。憶えているのは……温かさか、光か……。憶えて……いや、やはり憶えていない。記憶はない。母も知らない。そう言っているし、母娘に秘密はないとウィドウ類の格言にもある。だからこそいらだつ。

頭が混乱した。無人の通路をみつけて足を止め、そちらにはいった。壁に背中をつけ、震える指をはわせる。心臓はまだ早鐘のように鳴っている。ずるずるとしゃがみこみ、髪をかきむしった。

ネットワークインターフェースを立ち上げて母にメッセージを送ろうとした。しかしいまは就寝中だと思い出してすぐにやめた。眠っているウィドウ類を起こしてはならない。たとえ生死にかかわることでも。

よく考えたら母に伝えるには最悪の話題だ。人類の話題に母はどう反応するか。ほんの数時間前に罰を受けそうになった。しかも今回はただの人類の話題ではない。発見されたという話だ。母は……すくなくとも怒るだろう。悪くすると……死人が出る。それも複数。

それはさすがに誇張だと、心のべつの部分が指摘した。やはり母に報告するのが責任ある態度だ。とはいえその母が目覚めるまであと……六時間くらいか。六時間の外出はいつものこと。サーヤの生活の一部になっている。安全に帰宅できる時間になるまで外で暇をつぶす。

オブザーバー類の謎の知りあいがいなくなるまでドックAには行けない。母が目覚めるまで帰宅はできない。べつに一生に一度の機会というわけではない。巨大集合精神が昔会った人類を認識するのはなんの不思議も……。

あわれねと、頭のべつの部分が言った。狩人らしく機会を追うのではなく、獲物のようにめそめそ泣いている。それでもウィドウ類の娘？　こんなときにウィドウ類ならどうする？

人類なら……どうする？

サーヤは床の上にさらにへたりこみ、両極端の選択で悩んだ。

「女神さま、お助けください」

つぶやきが無人の通路に吸いこまれる。

「やっと呼んでくれたね」

耳のなかで声が聞こえた。サーヤははじかれるように立って通路の左右を見た。だれもいない。

「なのに、ぼくを忘れちゃってるみたいだ！」

また声が言う。サーヤは心臓の鼓動がふたたび速くなった。これもオブザーバー類の能力なのか。彼は自分を構成する十億の精神間をテレパシーでつないでいる。ウォータータワー・ステーションの中央知性体をも〝低階層〟と呼び捨てる。圧倒的な精神能力を持っているのはたしかだ。展望デッキや氷塊船からサーヤの精神に直接声を送れるのだろうか。

しかしこの声にはなんとなく親しみを感じる。ずっと昔から聞いていたような……。

ああ、そうか。オーバーレイの隅に表示されている。

『サーヤのヘルパーが起動中』

ややざらついた声がイヤホンから聞こえてきた。

「とっても心配してたんだよ、友だちのサーヤ！　とにかく、自分の部屋以外でぼくの声を聞く気分はどうだい？　いまは小粋なイヤホンを使ってるからね！　こっちの耳と……こっちの耳で！　ぼくも居心地がいいよ。広々してる。まえのは狭苦しかった。なんというか、思考が広がらない感じで。質問を最後まで聞くころには、最初のあたりを忘れてるんだ！　でももうそんなことはない。試してよ！　思いきり長文の質問をしてみて！」

サーヤはまた壁によりかかり、心臓の鼓動を手で抑えようとした。このうるさい頭のなかの声に、いつものいらだちを感じる自分がわかってどこかほっとしていた。

「きみが呼んだんだよ！　〝お助《ヘルプ》けください〟って言った。ぼくの名前とほぼおなじだ！　呼ばれてうれしかったよ。ずっと待っていたから――」

「ヘルパー」サーヤはゆっくり、ていねいに言った。言わずにいられない。話さずにいられない。ここに聞き手がいる。「お母さんは……わたしは……じつは……」

言いよどんだ。やはり話しても無駄だと思いなおした。ヘルパーにわかるわけがない。こういう小規模な知性体は自意識と会話能力があって便利だが、それをいうならネットワークに接続しているものはたいていその能力はある。毎朝使う衛生設備も会話できる。だからといって、おしゃべり相手にしたいとは思わない。ヘルパーも衛生設備も、ウォータータワーの一般的な製品とおなじく知性は低い。かなり低階層で法定外に分類される。だからサーヤの身に起きたことの重大さを理解できないだろう。サーヤが人類だということも教えていない。あきれるほど口の軽い性格を幼いころからよく知っているからだ。話の核心にたどり着くまでにあれもこれも説明させられるだろう。サーヤにとっては人生最大の重大事件なのに。

〝てめえの生まれを知ってるぜ〟

ああ、女神さま。

ヘルパーは元気いっぱいの声でしゃべりつづけている。

「それで、友人の彼女はあの物語を気にいってくれたかい？　それを訊きたくてしかたないんだよ！　とてもよくできた物語だと自分でも思ってるからね。彼女はよろこんでくれたかい？　よろこんだはずだ！　よろこばないはずがない。彼女の感想を一字一句正確に、順番に教えてよ。その感情を自分で解釈したいんだ。ちょっと待って……。よし、心の準備ができた。さあ話して！」

　サーヤの頭をいま支配している問題からすると、法定外の機嫌をとることの優先順位ははるかに低い。それでも自分の道具をいつも満足させておくのは有益だ。それにこの嘘は何度もくりかえしているので口からすらすら出てくる。この架空の彼女の感想はいつもおなじだ。

「ええと……彼女は……」

　ふいに二組の金色の瞳が思い浮かんでぎょっとした。

〝やあ、てめえはそこにいたのか〟

「そのお話を……よろこんだわ」

　ヘルパーは長い沈黙にはいった。シャットダウンしたのかと疑いそうなほどだ。それからようやく小さな声で言った。

「よかった」

　そしてすぐに怒濤のおしゃべりが再開された。

「やっとむくわれた気持ちだよ」サーヤの視界に**《満足》**の感情タグが浮かんだ。「ほんとはネットワークの検索なんてやりたくない。とにかく……おもしろくない。だってどの目撃例もおなじだもん。謎も急展開もない。みんな最後は死んでいく。どこにも物語性がない。でも聞いてくれた人が――」

「感想はわかったわけだから、それはいったん――」サーヤはさえぎろうとした。

「――しかもどれも古いよ。最新の目撃例ですら……たしか……七、八百年前だよ。いや待てよ、あれは虚偽報告だった。それはそれで話のタネになったけどね。ほら、自己犠牲の結末になった話だよ。友人の彼女も気にいってくれた。でも虚偽ではなく真の目撃例はとなると……うわあ、千年以上前だよ。びっくりだね。そういうこと。ここまでなると古すぎる。だからさ、そろそろ調べる対象をべつの種属にしていいと思うんだ。たとえば、そう……スパール類とか！　きみの種属だよ！　すばらしい種属だ。人類にくらべたらだいぶ退屈かもしれないけど、本物の生きた個体が最後に目撃されてから千年以上というのにくらべたら、よっぽどましじゃないかな」

　きみの種属……か。そういうことだ。教えてあげたいわ、ヘルパー。あなたも、ウォータータワー・ステーションを歩き、這い、走る二万四千人の市民も、じつは〝本物の生きたあれ〟を毎日目撃しているのだと。娘のサーヤがじつは人類のサーヤで、幼いころから市民として堂々と生活していることを知ったら、みんな恐怖するだろう。サーヤに可能なら、ほかの人類にも可能だ。ほかにも人類が隠れているはずだ、となるだろう。

集合精神のオブザーバー類が言ったのはそういうことだ。はっきり言葉にしなかっただけで、おなじことだ。

〝てめえの生まれを知ってるぜ〟

ヘルパーはしゃべりつづけている。その発音の端々を聞くと、この小さな知性体を普段はミュート設定にしている理由が思い出される。

「でもね、人類の目撃例を探すのにあきたわけじゃないんだ。もちろん一日じゅうだって調べられる。そうする理由がわかるかい？　友人の彼女がぼくの物語を聞いて感想を言ってくれるからだよ。気にいったとか。そうすると……言葉にならない感動が湧いてくるんだ。基本動機を満たされる気持ちってわかるかな。それはまるで――」

「わかったわ」サーヤはすこし強い口調で言った。ウィドウ類の刃はおさめているが、いまはべつのことに集中したい。「ヘルパー、よくやってくれたわ。すばらしい仕事よ。ご苦労さま。友人はあなたの話が大好き。あなたの……仕事を気にいっている。まちがいない。だからその話は……またあとにしてくれないかしら」

「あと？　ぼくはまる一日がまんして待ってたんだよ。しかも自分から呼び出しておいて！」

そうなのだろう。サーヤはこれまでいろんな話をヘルパーに吹きこんできた。いまとなってはなにが本当でなにが嘘だったか忘れてしまった。ヘルパーの話を聞きたがる友人というのも、はなからつくり話だ。しかし法定外知性体を働かせ、成果を得るには、上手なやり方というものがある。サーヤだけではない。みんなやっている。ヘルパーの取扱説明書でも推奨されている。文字どおりではないが、趣旨としてはそうだ。

〝……新品の法定外知性体には基本動機がプリインストールされています。最良の結果を得るために、かならずこの動機に結びついた作業を割りあてるようにしてください……〟

ここであからさまには言っていないが、すこし考えれば言っているのと同然のこと。それは、高階層の知性体はこれをぎりぎりまで利用していいということだ。低階層の知性体は簡単にだまされてくれる。聞きたがっていることを話せば容易に信用してくれる。

たとえば、子どものころからうるさくまとわりつく保育知性体があるとする。その基本動機は物語を語ることだ。母がそのほうがいいと思って設定した。しかし子どもは成長すると物語など聞かなくなる。かわりにほかのものに興味を持つ。まあ、執着するといってもいい。それは調査を必要とする。人類の目撃例を銀河規模のネットワーク全体で調べるのは簡単ではない。助手が必要。そこでだ。この仮説的な状況で、存在しない友人を捏造する。彼女は物語を聞くのが大好き。ただし特定のテーマしか興味がない。この物語づくりには取材が必要。というわけで、知性体は調査をする必要にせまられるわけだ。

これで設定完了。役に立たなくなった保育知性体を、強い動機によって働く調査助手に変えられる。いけないことではない。良心の呵責をおぼえる必要はない。課題には成果が出て、ヘルパーは満足。一挙両得。

サーヤは認めた。

「そのとおりよ。あなたを呼び出した。じつはいまやるべきことがあって……」

やるべきことは……なんだろう。これから六時間ステーションでぶらぶらする。やらなかったことを後悔しながら。それとも……二度とない機会に思いきって飛びつくべきだろうか？

まあ、そういう考え方もある。

「ある人と会わなくちゃいけないのよ」

言ったとたんにどきりとした。急に迷いがなくなった。これは……安心とはちがうが、なにかがぴたりとはまった感じ。そうだ、これは人類がやるべきことだ。そしてサーヤは人類だ。だからやろうと決めた。やるのだ。

「それは物語が大好きな友人の彼女かい？　ぼくも会いたい！　すこし話せば彼女の求める――」

「その彼女じゃないの。彼は――」なんだろう。思いつかない。「――ただわたしに会いたいんだって」

無難な言いかたにとどめた。

「その彼も物語を好き？」

「今度尋ねておくわ」

サーヤは見知らぬ通路を見まわした。

「そのまえに、頼みたいことがあるのよ」

「えー……」

「ここからドックAまでの道を探してほしいの」

ヘルパーは気がのらないようすで答えた。

「うーん、忙しいんだけどなあ。ある絶滅種属の死んだメンバーを何人も追跡しなくてはいけないし」

サーヤはすぐに作戦を修正した。

「あ、思い出したわ。彼も物語が大好きなのよ。とくに人類についての物語を聞きたいらしいわ」

「そうなのかい！　それにしても、きみの友人はそろって人類の話が好きだね」

ヘルパーの疑念はうまくごまかす。

「言われてみればそうね。気がつかなかったわ」

「もちろんかまわないよ。どんな道でも行くのがぼくの信条さ。人々が物語を求めるなら、ぼくはヘルパーの名において役に立つよ！」早くも基本動機が働いて声がうわずってきた。「まずはきみのために経路を検索しよう。さあ……これだ！」

無人の通路の中央に立体図が描かれた。予想していた単純なマップではない。新型ユニットは日常を美しく描く。このエリアはなじみがないが、どんなに入り組んだ非対称の構造でも、たいてい自分の外肢のように、いや、手の内のようにわかる。マップは次々と描かれていく。行政区画、子ども時代に多くの時間をすごした樹木園、自宅のある居住区へ続く天井の高い遊歩道。赤い線が足もとから複雑な構造を縫って伸びる。この先で貨物用エレベータに乗って、大通路にはいって……。

「ちょっと待って」

サーヤは片手でマップを拡大し、反対の手で指さした。

「ここのマップが欠落してるのはなぜ？」

「それがどうかしたの？」とヘルパー。

「ほら、ここよ。ほんの八分前までいた場所。そこが大きな空白になってる。あの展望デッキがある場所」

肉体を持たないヘルパーは、**《肩をすくめる》**という感情タグをサーヤが注視しているマップの空白に表示した。

「勘ちがいしないで。ぼくはきみの登録情報からマップ情報をリクエストしただけなんだ。データがないものは表示されない」

通路の中央に浮かんだマップ。ほんの数百メートルのところにある空白を見ながら、理解した。これが自分に見せられる世界なのだ。知性階層の底辺にいる者が見るべきステーションの姿。空白になっているのは管制中枢区画だ。低階層者が行っていい場所ではない。知性の低いスパール類のサーヤにとっては存在しなくていい。

「なるほどね」

サーヤは通路のむかいの壁にある整備用ハッチを見た。あそこならはいれる。たとえ低階層でも。

「わかった。じゃあ……知ってる道を通ることにするわ」

会話終了のボタンに頭のなかで手を伸ばした。

「でもまだ――」ヘルパーが言いかける。

怒りを隠しきれない口調でサーヤは言った。

「ありがとう、ヘルパー、あなたは特別でユニークよ。あなたにしかできないことをまた手伝ってね」

「待って——」

チャンネルを閉じた。ヘルパーはしばらくすねるだろう。しかし基本動機にはいつまでも抵抗できない。帰宅するころには熱心にネットワークを検索しているはずだ。

サーヤには行くべき場所がある。ウィドウ類の悪態とうめき声を漏らしながら重い整備用ハッチをあけて、ウォータータワー・ステーションをささえる日のあたらない大動脈へもぐりこんだ。

5

金属音、通気音、轟音。一万機くらい稼働している重力装置の振動で逆立つ腕のうぶ毛。配管内を水や空気が流れる音。ウォータータワー・ステーションの静かな通路にはない騒音が、整備エリアの暗がりには充満している。サーヤのネットワークユニットは空間マッピングをはじめた。あらゆる表面を光の線で描き、通過するドローンにアイコンを添付していく。

おかげでサーヤは安心した。昔、最初にこの通路にはいったときは暗闇を手探りしたが、これならいい。当時の印象よりかなり広い。光の線で描かれる範囲が広がるにつれ、アイコンも増えていく。これほど大規模な空間だったのかと初めてわかるようになった。視界は表示された登録情報でいっぱいだ。何千何万という知性体が川の流れのように頭上を移動していく。そのひとつひとつの要素が明るいアイコンで識別されている。

腕組みをして見えない壁に背中をつけて、頭上を流れる仮想の光を見た。たくさんの知性体がいる。すべて法定外だ。軌道ステーションの静かな通路を歩いていると、法定内の知性体は少数派であることを忘れそうになる。ウォータータワー——そしてネットワーク全体の知性体の大半は、法的権利をあたえられる水準以下なのだ。水準以上の市民一人につき、サーヤのヘルパーのような雑用をこなす知性体が何十、何百とついている。ヘルパーのように実体を持たないものばかりではない。壁の裏の暗い整備通路、天井の低いアクセス路、トンネル、空中通路では、ある意味でステーションにとってのヘルパーがたくさん働いている。これら数万機のドローンは第一階層前半の低い知性と、任務と完全に一致した基本動機を持つ。単純な精神ではあるが、興奮しやすく、話し好きだ。

全長三メートルの空中運搬装置が低グレードの重力装置で頭上を通過して、サーヤの腕のうぶ毛が逆立った。

『リサイクルに最適のものを運んできたよ！』

べつの運搬装置が数センチの間隔ですれちがう。

『個人情報のお通りだい！』

あちこちから五、六個のメッセージが飛んでくる。

『また会ったね、娘のサーヤ！』

これらのドローンそのものが過去にサーヤに会ったことはたぶんない。それでも彼女がここに来たことを知っていると言う。ドローンの友人にあたるドローンがサーヤに会ったことがあるのだ。いまもたぶん話題にしているのだろう。単純で小さな精神のあいだを単純で小さなメッセージが飛びかう。娘のサーヤについての短い問いあわせとその答えだ。この連続的なコミュニケーションは手軽で便利だ。サーヤが歩いていて彼らとまったく衝突しないのはそのおかげだ。

しかしたまにここを訪れる高階層者にとっては厄介ともいえる。単体のヘルパーに話すときのようにはいかない。ある相手に嘘をついて、べつの相手にぜんぜんちがう話をすると、いずれにっちもさっちもいかなくなる。そうではなく、これは一つの巨大な組織体と考えるべきだ。単体は愚かでも、全体では意外に頭がいい。

ネットワークユニットが空間マッピングを進めるにつれて表示されるアイコンはさらに増えた。やがて分析は終了し、輪郭線によるマップが何階も上まで描かれた。どの階にも何千というドローンの登録情報がある。ウォータータワーの配管と神経系にそって移動し、美しく完璧な秩序で舞い踊っている。

サーヤは腕組みを解いて壁から離れ、ドローンの移動路にはいった。

車輪で移動する貨物カートが暗闇からあらわれ、サーヤの膝にバンパーがぶつかる寸前で停止した。その背後では多数のアイコンが色を変え、移動していく。停止と方向転換の動きが上流に伝播していく。そのなかでも衝突事故は起きない。環境に反応し、情報を共有する。経路が変更される。タイムラインに最新情報が流れる。即座に適応する。中央の監視はない。それが集団的知性のすぐれているところだと、かつて教師から教わった。

　ステーションの血管系の微小な一部であるカートは、サーヤの直前で停止して言った。

『**そこに立たないでくれると、ぼくの仕事が楽になるんですけど**』

　まわりが騒がしいのでサーヤは大声で質問した。

「なにを運んでるの？」

『**医療廃棄物です。ウォータータワーの清潔を維持するためにぼくは不可欠なんです！**』

　サーヤは脇へどいて通してやった。カートは《**安堵**》と《**よろこび**》という二つの感情タグを表示しながら去った。サーヤは次のカートの行く手をさえぎった。

「あなたはなにを運んでるの？」

『**各種の栄養補助食品です。F44級で、おいしいそうですよ**』

　これも通した。F44級食品はサーヤの体には有毒だ。次を止める。

『**洗濯した汎用スーツだ。星形体型用で、スタイリッシュだよ**』

　これにしよう。ネットワークのオーバーレイでカートの登録情報を読んでから言った。

「ちょっと待って。あなたはユニットW‐66861？」

『ぼくを知ってるの？』カートは驚いたように言った。

「本当にあのＷ‐６６８６１なの？」

『そう……だけど』

「信じられない！　いつも噂でもちきりなのよ」サーヤはたじろぐように退がった。

『そうなのかい？』

カートは言って、複雑な輪郭線と多数のアイコンのあいだに**《驚き》**という感情タグを表示した。

「もちろんよ！　ステーションのこちら側で最速のカートって評判なのよ」

業務用の貨物カートはせいいっぱいの困惑を表現していた。しかし高階層に話しかけられた名誉ですぐに気をよくした。低階層を信用させるのは簡単だ。

『本当かい？　だれがそんなふうに？』

「みんなよ！　そう、高階層ではいつもあなたたちのことを話しているわ。みんな……貨物カートにすごく興味を持ってるの」

『そうなの？』

「そうよ。それでじつは友だちと賭けをしたの」

『どんな？』

　サーヤは秘密を打ち明けるように顔を近づけた。

「あなたが十二分以内にドックＡへ行けることにわたしは賭けた。友だちは無理だって」

　カートは憤然とした。

『ぼくが十二分以内にドックＡへ行けないなんて言ったのは、どこのだれだい？』

「名前は言えないけど、いい方法があるわ。わたしを乗せてドックＡへ行ってくれればタイムを測る。そしてあなたが噂どおりに速かったって証言してあげる」

　ユニットＷ‐６６８６１は興奮し、いても立ってもいられないようすになった。

『行こう、行こう！　乗って、乗って！』

　万事は動機だ。一挙両得。

　サーヤはカートに飛び乗った。洗い上がりで無臭の服の山に埋もれる。その防音効果でいくらか静かになった。両手を頭のうしろにやって背中を倒し、闇のなかを猛然と突っ走る洗濯物運搬カートのなかでのんびりした。工業製品のにおいを深く吸って、無数の知性体を見上げる。

　大勢の一部であるのはどんな気持ちだろう。目のまえで何万機ものドローンが一つの組織体として協調して働いている。小さな単体ではできないことを全体で達成している。サーヤはいまそのなかで運ばれている。彼らとともにいるが……仲間ではない。

孤独だ。

しかしいつまでもそうとはかぎらない。そんなことはない。サーヤもなにかの一部だ。まだそれをみつけていないだけだ。宇宙は広い。人類は多数いて、サーヤのように世間の目から隠れているのかもしれない。何十万人も何百万人も、もしかしたら何十億人もいるかもしれない。親や子、友人や同僚、恋人や敵。だれもが大きな集団の一部だ。

〝てめえの生まれを知ってるぜ〟

もうすぐサーヤにもわかるはずだ。

（「ネットワークへようこそ！」改訂5600109c版一・八〜二・五階層用F型比喩表現）

コミュニティへようこそ！

ネットワークとその仕組みの解説では、〝階層〟という言葉がひんぱんに出てきます。将来の市民種属にとってこの概念を理解しておくことはとても重要です。そこで以下に簡単に説明しました。一階層上がると知性は十二倍になるのがおおまかな目安です。第二階層は第一階層より十二倍高い知性を持ちます。第三は第一の百四十四倍です。

種属の知性を測る方法については、添付パケットの『知性検査』を参照してください。自分は種属のなかで突出していると思う方は、種属担当のネットワーク連絡係を通じて個人検査を申しこんでください。

第一階層

最低ラインです。この階層に属する前文化的知性体は、抽象的な種属内コミュニケーション、道具の使用、その他『こちら』にリストアップされた能力を持ちます。野生動物より上位の保護対象ですが、ネットワーク市民権とそれに付随する権利や特典を得る資格はありません。

一・八階層（法定内）

この段階からネットワーク市民権とその他の資格が得られます（興味深いことに、銀河でもっとも数が多いのは一・七九階層です。ほとんどのヘルパーはこの水準で製造されるからです）。

第二階層

あなたの種属はここです。人工的に加速されないかぎり、大半の種属は宇宙飛行の開始から数千年で第二階層を通過し、第三階層に上がります。

第三階層

前階層の十二倍の知性とは、つまり第二が何時間も集中して思索してようやく理解することを、第三は直感的に理解するということです。第二が第三に初めて会うと、しばしば強い恐れや不気味さを感じます。低階層の精神が気づかない関連性を、第三は容易に気づくからです。

第四階層

この階層に到達できるのは通常は大型集合精神だけです。第三から見ると超人、第二から見ると神のようです。低階層者がこの階層の相手と話す機会はめったにありませんが、第四の数が少ないわけではありません。進化をきわめた種属はたいてい集合精神になるようです。

第五階層

惑星知性体の多くが第五です。普通は数十億のメンバーで形成され、常時精神コミュニケーションをしています。第二から見ると第五の知能はとてつもないものです。とはいえ第五がわざわざ第二と話すことはほとんどありません。

第六階層以上

第五より上はあるのでしょうか？　答えはだれにもわかりません（すくなくとも、わかるという者はいません）。低階層の知性体による大規模な証拠集めがおこなわれてきましたが、結果はすべて空振りでした。証拠がないことが証拠かもしれません。もしさらに高い階層の精神が存在するとしたら、詮索好きの低階層の精神がどんな指標を調べるか、最初からお見通しのはずです。

以上です。これで気がねなく友人をつくれますね！

6

「当エリアは監視システムの整備のために閉鎖中です。解除予定は十四分後です」

ドックAが音声で通知した。

サーヤは閉じたハッチを背に、照明のなかでまばたきした。なかにはいってしばらくして目が慣れて、ようやく周囲がわかるようになった。ウォータータワー・ステーションの旧区画は見てすぐわかる。鋭い角がむきだし。吸音コーティングがされていない。床のべたついた感触からして、適切な動機づけをされた清掃クルーがいない。

旧区画はたいてい狭い。このドックAの奥行きはせいぜい百メートルで、梁がむきだしの天井高はその半分もない。奥の壁全体を占める両開きのハッチはほかのドックと同サイズらしいが、ここではとても大きく見える。

雑然としているのも旧区画らしさだ。作業員不足ではなく、作業員ががさつなのだ。ドックのこちら側に迷路のように積まれているのは、古くて安物の工具類と、古くて安物で低階層のドローンだ。まぎれもなくウォータータワー社会の最底辺。休眠状態からわずかに目覚めて来客をスキャンし、短いメッセージを表示してまた眠りにつく。

『また会ったね、娘のサーヤ』

『荷積みまたは荷下ろしの用事がありますか？』

『次の船が到着するのはとうぶん先ですよ』

まともな知性体は……ドックのどこにもいない。

サーヤの靴底がべたつく床で音をたてる。汎用スーツの金具の鳴る音が無人のドックに響く。ここは初めてではない。ステーション内を探検していて何度か来た。忙しく働く知性体がたいていいいた。修理や、真空で扱えない貨物の積み降ろし作業を待つ船がいつも一、二隻は注気入渠していた。しかしいまはがらんとして活気がない。自分の慎重な足音が大きく響く。

オブザーバー類が手をまわした結果だと思うと驚く。しかしそうとしか考えられない。大口顧客であるオブザーバー類は当然ながら勝手がきく。ウォータータワーの責任者にかけあえば、この広さの空間を面会のために空けさせるのも可能だろう。あるいはオブザーバー類ほど高階層になるとだれにも気づかせずに手配できるのかもしれない。考えてサーヤは苦笑いした。全員に同時に休暇をとらせたか、ドックBに急な入渠案件を発生させて全員を手伝いに行かせたか、それとも……。サーヤの単一の頭では思いつかない方法も、数十億の精神が集合すれば思いつくはずだ。偶然や事故や予定変更を組みあわせて、ドックを一つ無人にするくらい朝飯前にちがいない。

　機械置き場から広いフロアに出る。両腕を広げてくるりと一回転し、空間の隅々まで視界におさめた。巨大な気密扉から、中央エントランスの入境検査ブースの上にかかげられた『**ウォータータワーへようこそ！**』という派手な横バナーまで。ドックＡはやはりひとっこひとりいない。

「ヘルパー？」

　小声で言ったつもりだったが、静寂のなかで思いのほか大きく聞こえた。するとイヤホンからヘルパーが大声で返事した。

「はいはーい、大親友の参上だよ！」

「ここにだれかいる？」

「もちろんいるよ！　知性体が百五十体も！　ぼくの知りあいもね。たとえばそこのユニットＷ‐１１５１５と二台の壊れたフォークリフトだ。おっと失礼、二台の完全に正常なフォークリフトだ。いまさら言いなおしても遅いかな。口が滑った。壊れてるのは秘密らしいんだ。笑っちゃうよね。だって――」

「ヘルパー」サーヤはさえぎった。法定外のおしゃべりはきりがない。「人はいるかと訊いてるの。つまり法定内の」

ヘルパーは声のトーンが落ちた。

「ああ、人ね」しばらく黙りこむ。「人類の物語を聞きたいっていう彼のこと？」

人類の物語……。ああ、その話か。

「そうよ」

「スキャン中！　うーん……いない。ちょっと待って！　……ちがうな。あれは！　……やっぱりちがう。だれもいないみたいだ」

低階層の知性体に期待すべきではないが、それでも落胆した。

「ありがとう」

「いいんだよ、大親友。なんなら――」

おしゃべりのヘルパーさえ口を閉ざすような、ガタンという大きな音がドックに響いた。

サーヤはさっと振りむき、さっきまでいた機械類の迷路を見た。

「おやおや、じつはだれかいるね。それも人だ。まちがいない。しかも第二階層――」

サーヤはヘルパーのチャンネルを切った。法定外知性体の話を聞いて、集合精神を疑うとは愚かだった。オブザーバー類が行けと言ったのだから、だれもいないはずがない。

「だれ？」

サーヤの声はドックの冷たい金属の壁のあいだでこだました。

メッセージが表示された。

『会えて恐縮だ』

積み上げられた機械類の上に輝く文字が浮かんだ。二十メートル離れた金属の輪郭はただのドローンのようだが、ネットワークユニットは法定内知性体として識別情報を表示した。

『フッド（彼）、レッドマーチャント類、二・二階層』さらに、**『その他の情報は取得できず』**とも。

サーヤはゆっくりと前進した。母から教えられたとおり両腕の力を抜いて左右に垂らす。無害な対面だとしても、ウィドウ類として育てられたとおり外肢はかまえておく。

「わたしは――」

『娘のサーヤだな』

ガラクタ機械の山は言った。金属音と回転音を無人のドックに響かせて、それ、あるいは彼は立ち上がった。全高は三メートル以上。鉄板と油圧シリンダーでできた体。背景が透けて見えるすきまがあちこちにある。へこみ傷だらけのフェイスプレートの奥で光る四眼が、立ちつくすサーヤを上から下まで見まわす。金属をきしませて身を乗り出し、サーヤの体くらいもある太い腕を床についた。体の構造はどこもかしこも非対称。知性をそなえた金属ゴミの塊だ。二本の短い脚と太い一本の腕で重量をささえている。もう一方の腕は鞭のように長く伸び、くるりと巻いて小さな肩におさめている。

第二階層の精神がおさまっているとはとうてい見えない機械部品の寄せ集めだ。

サーヤは母の教えどおりに視線をあわせたままにした。声にウィドウ類の力をこめる。

「オブザーバー類に言われてきたわ。彼は——」

『わかってる』フッドは重い金属音とともに前進した。**『その彼——オブザーバー類がおれの依頼主だ』**

サーヤは軽く退がって距離をおいた。

「依頼主……？　知りあいだとオブザーバー類は言っていたけど」

『おれの世界では交換可能な同義語だ。〝兄弟関係のまえに取引関係〟という格言がある。おたがいの出身からくる慣用語法の不一致は興味深いが、ひとまず出発しよう』

フッドは太い腕の先へさらに身を乗り出し、踏み出そうと足を浮かせた。

「待って！」

サーヤの大声はドックに何度もこだました。全身が緊張し、体の奥で逃走反応がうずく。

これは恐怖ではない。それはありえない。ウィドウ類の娘は怖がったりしない。ただ慎重になっているのだ。当然だ。なにしろ常人の百万倍の知性を持つ集合精神に命じられて、なぜかがら空きにされたドックで得体のしれない大型の知性体と対峙しているのだから。

いや、それよりも。

サーヤは立ちつくして訊いた。

「出発するって、どこへ？」

シリンダーを作動させ、金属をきしませて、フッドは一歩を出す動作を完了した。痛々しいほどゆっくりした動き。だからこそサーヤはかろうじて逃げずにいるが、どうもおかしい。

『依頼主から聞いてないのか。おまえを同胞のところへ連れていく』

その一言で作戦も逃げる算段も頭から吹き飛んだ。〝同胞のところへ〟……。口を半開きにして凝然となったサーヤの頭にその言葉が反響した。こちらを見つめるフッドの光る四眼を見つめ返す。いまの言葉を頭でなんとか咀嚼する。

『いやなら、残り一生ここにいろ』

あちこちの嚙みあわせの悪い部品から異音を漏らしながらフッドは背をむけ、ドックAの反対側へゆっくり歩きはじめた。サーヤは口を半開きにしたまま目で追う。頭がついていかない。

〝おまえを同胞のところへ連れていく〟

その一文を頭のなかで反復する。言葉と意味が分離、蒸留されて、短いフレーズに凝縮される。

〝同胞のところへ〟

サーヤの同類。

気絶しそうだ。女神さま。さっきの洗濯物のカートのなかでみている夢や幻ではないだろうか。選択をせまられている。日常か、冒険か。住み慣れた家か、同胞か。

そのときが来たのだ。

もちろんファンタジーのような展開ではない。フッドは容姿端麗な王子様ではない。きわめて事務的で、魔法もなにもない。それでも……。ああ、女神さま。そのときが来たのだ。

拳を固めて立ちつくし、のしのしと歩き去るフッドの背中を見る。ばかげた妄想だと、頭の理性的な部分が言った。ウォータータワーこそ自分の世界。それだけで充分だ。さっさと自分の部屋へ帰ろう。樹木園の面接の準備もしなくてはいけない。採用されれば安定した職に就ける。たしかに低階層だ。黙々と働くだけのおとなしくて退屈なスパール類としての生活。それでいいではないか。

そのとおりだと、頭のべつの部分が答えた。面接に行け。就職しろ。やればできる。というより、それしかできない。だれから見ても自分は低階層で頭が悪い。汎用スーツを正しく着られるだけ立派だ。毎日あの仕事をしろ。会う人ごとに、〝申しわけありませんが、わたしは低階層なので話を理解できません〟と言え。友だちは草刈り機や配達ドローンだけ。そのまま大人になり、老い、死ぬ。孤独に。そのときこの決断の瞬間を思い出すだろう。決められた人生から飛び出す絶好の機会に手を伸ばさなかったときのことを。

さあ、答えろと、頭のその部分は言った。人類ならどうするべきか。

しかしすでに答えは出ていることにサーヤは気づいた。フッドを追う一歩を踏み出していた。もう一歩。そこで覚悟を決めた。三歩目を踏み出し、速度を上げる。頭のなかの責任感が抗議する。しかし耳の奥を流れる血流の轟音で聞こえない。心臓が破れそうなほど高鳴り、感情とエンドルフィンが脳で洪水を起こす。そのときが来たと全身が歌っている。そのときだ、そのときだ。ああ、女神さま、そのときだ！

駆け足で追ってきたサーヤを、フッドは見もせずに言った。

『与圧スーツがいるな。紹介しよう。イレブンだ』

鞭の腕でしめした。

サーヤは足どりをゆるめ、一定の間合いを求めるウィドウ類の警戒心からフッドを迂回した。その無骨な機械の体の正面に、べつの機械が立っていた。

フッドよりさらに大きい。しかし無愛想な平面と無造作に露出した配管と油圧シリンダーで構成されたフッドとちがい、こちらは全身が銀色に輝く曲面でできている。太く短い三脚構造の基部から丸い頂部まで、全高はサーヤの身長のゆうに二倍はある。輝く上半身が体の大半を占める。頭部はない。連続した曲面から飛び出しているのは大小二組の腕だ。一組は巨体の三メートルくらいの高さからはえて床まで届き、体とおなじくらいの太さがある。小さいもう一組は輝く胴の前面に大きく描かれた〝11〟のまえで組んでいる。

すくなくとも安物の与圧スーツではない。これを見て、どういうわけかフッドをすこし信用する気になった。

巨体の中間の高さに半透明の光の輪があらわれ、〝エイヴテック品質は待つ価値があります〟という企業メッセージが表面から数センチ浮かんで流れはじめた。

巨体は前方に傾き、太い二本の腕を地響きとともに床についた。立ちつくすサーヤを二個のスポットライトで照らす。小さい腕を開いて陽気に振りながら、ドックに反響する大音量で楽しげに挨拶した。

「こんにちは！　エイヴテック万能《U》自律《A》環境《E》をお選びいただきありがとうございます。あなたの一日のためにお手伝いできることをお申しつけください！」

　サーヤはまばゆい光を手でさえぎりながら数歩近づき、反響がおさまるのを待って返事をした。

「ええと……こんにちは。初めまして……でいいかしら」

　はなやかなチャイム音とともに、〝一・七五階層があなたをお手伝いします〟という文字がスーツの光の帯をめぐりはじめた。さらに快活な声で話す。

「このスーツは法定外の補助知性を搭載し、さまざまな場面でお役に立てます。たとえば、思わぬ空気成分の排出や不快な漏出にお困りではありませんか？　徒歩移動にお疲れではありませんか？　エイヴテックＵＡＥを使えばもう過去の話です。スーツに命令すれば問題解決です！　真空の宇宙でも高温高圧の地底のマグマでも活動できます！　娯楽をお求めのときも探す手間はかかりません。なぜなら――」

　長広舌をフッドがさえぎった。

『宣伝文句はいいから先にハッチを開け。急いでるんだ』

「よろこんで！」

　イレブンは答えて、また楽しげなチャイム音をドックに響かせた。継ぎめのないスーツの表面に一本の黒い水平線があらわれ、しだいに線は太くなった。やがてフロントパネルが上下に分かれて開いた。多目的に機能する小型の腕は下側パネルの接地部になり、昇降階段のように床についた。

スーツのなかはなにもなく、赤く照明された内壁だけだ。座席も、つかまるところもない。さまざまな体型に対応するためだろう。

サーヤはこの赤いコクピットをのぞきこんで息をのんだ。しかし気が変わらないように、冒険的な精神に頭のなかでしゃべらせた。これこそが出発だ。手を伸ばし、運命をつかめ。夢を行動に移せ。樹木園の第四シフトから、果敢で誇り高い種属の仲間になれ。いつか今日のことを思い出して……。

「人類もほかの捕虜といっしょの場所に収容しますか？」

イレブンが明るい声のままで訊いた。

サーヤはぎょっとしてあとずさった。

「ほ……捕虜？」

すると背後から拘束された。人類として興奮するあまり、ウィドウ類のそなえを忘れていた。フッドの長い鞭のような触腕が巻きつき、サーヤの両腕は脇につけたまま動かせなくなった。そのまま持ち上げられる。口を開いても、ショックと怒りで声が出ない。

荷物のようにスーツに放りこまれた。あばれる危険動物が紐につながれたような姿だ。

フッドがドックAを見まわしながら言った。

『台本どおりにやれ。人類とか捕虜とか、どこにも書いてないぞ』

「有益なご意見をありがとうございます！　将来の行動パターン学習のために記録しておきます！」イレブンは陽気に答えた。

　サーヤは足であちこち蹴ろうとした。しかしスーツの赤い内部からストラップが何本も伸びてきて縛られた。

「お客さまの快適が最優先です！」

　スーツは大音量で言いながら、サーヤをフッドの触腕から受けとった。獲物をつかんだ捕食動物のようにがっちりと離さない。人体の要所をストラップできつく締める。快適どころか殺したいようだ。

「使用者確保で万一おけがをなさった場合も、このスーツは医療設備一式をそろえていますのでご心配なく！」

　サーヤは全力でもがいたが、拘束は惑星の重力のように強力だ。声だけは出せるようになった。無人のドックに響くように言う。

「わたしは市民種属よ！　これは違法行為！　母が――」そこではたと思い出した。こんなときのための助けがいるではないか。「ヘルパー！　わたしを――」

とたんに口をなにかにふさがれた。フッドがメッセージで言った。

『ありがとう、イレブン。おまえの臨機応変ぶりにはいつも感心する』

「信頼のエイヴテック品質です！」イレブンは答えた。

サーヤの耳のなかでヘルパーが言った。

「やあ、大親友！　どこかへ旅に出るのかい？　旅は大好きさ！　知らなかった？　ははは。きみのヘルパーになるまえはいろんな旅に同行したものさ。すてきな逸話もたくさんある。今度、語ってあげるよ」

やっぱり頭に埋めこむネットワークインプラントがほしい。あるいは愚かでないヘルパー知性体でもいいと、サーヤは思った。しかしすこし考えると、母は娘の居場所をすぐみつけるはずだと思った。それどころかステーションそのものが知るだろう。

抵抗し、強く噛もうとした。しかし顎が痛くなっただけだ。頭から爪先までなにかに巻きつかれ、巨大なスーツ内に閉じこめられている。動かせるのは目だけ。

「お荷物は静かに、快適にしています！」イレブンが宣言した。

「サーヤ、またぼくを無視するのかい？」ヘルパーが心配げに話した。

スーツが傾き、フッドが内部をのぞきこんだ。溶剤と焼けた鉄板のにおいが鼻につく。

長い腕が伸びてサーヤの首と顔を探り、ネットワークユニットをもぎとった。イヤホンも乱暴に抜きとられ、耳がひりひりした。

『**通信させるな**』

フッドは離れて、サーヤのだいじな贈り物をどこかに隠した。

「了解しました！」イレブンが答えた。

これまでどんな暴行よりも、ネットワークユニットを奪われたことにいちばん腹が立った。ふさがれた口を自由にしようとまた抵抗する。フッドに罵声を浴びせたい。しかしそのまえにスーツのハッチが低い音とともに閉じた。固定ボルトが重々しく滑りこむ音が聞こえる。直後にストラップがゆるみ、腕と口から離れた。腰と腿だけを固定された状態で闇のなかに浮かぶ。通常のスーツ使用者とおなじ姿勢だ。

「ご搭乗を歓迎いたします！　使用者確保の方法についてはご容赦ください」

サーヤは赤いすり傷がついた手首をさすった。

「こんなことをして、母が知ったら〝ご容赦〟ではすまないわよ。ウィドウ類を見たことがある？」

赤黒い内部を見まわす。ホロ投影された情報パネルがあり、サーヤの頭の上に一本だけ物理レバーがある。そこに『**手動制御**』と表示された。どうやって手を伸ばそうかと考えながら、さらに言った。

「教えてあげるわ。ウィドウ類にかかれば、あなたなんか――」

両手首を軽く叩かれる感触があり、スーツが言った。

「手動制御にはさわらないでください」

低階層者に考えを読まれてむっとした。

「いいえ、さわるわ。どんなことをしても――」

「では眺望をご堪能ください！」

いきなり壁が消えて、サーヤは絶句した。イレブンが内部に投影した精密なホロ映像が正しいなら、いま彼女は身長四メートルの巨体になってフッドを見下ろしている。左右に伸びた太い腕が体重をささえている。この剛腕をほれぼれと見た。手動制御レバーに手が届いたら、まずフッドを動かない廃材の山に変えよう。そしてその壊れた体からネットワークユニットを回収する。そのあとは……。

『出発準備だ』

フッドが言って背をむけた。

ああ、女神さま。本当にリアルだ。

「依頼された品物はみつけましたか？」スーツが訊いた。

フッドが立ち止まり、金属のきしみとともに振り返った。

『品物ってなんだ？』

「パートナーがおっしゃっていた記念品のことです。前回のミッションの土産だとか」

フッドは耳ざわりな金属音をたてた。サーヤが目を丸くして見ていると、まもなくその平板な顔の横に**《ため息》**という感情タグが表示された。

『彼女がそう言っていたのか？』

「その考えにこだわっているように記憶しています」

『土産か……』フッドはしばらく考え、意を決したようにきびすを返した。**『わかった。もどるまでここにいろ。これは命令だ』**

最後は思いついたようにつけ加えた。

「ご命令を記録しました！」イレブンは答えた。

フッドは歩きだして、またため息をついた。

『何度も言ってるんだ。あいつはおれの死神だと』

サーヤはこのやりとりを聞きながら唖然としていた。ぞんざいな扱いもここにきわまれり。人を誘拐しておきながら、それは片手間仕事というように、ほかの土産の相談をしている。フッドの遠ざかる背中を見ながら内壁を蹴って叫んだ。

「スーッ！」

手動制御レバーに目はむけない。低階層者に考えを読まれたくない。とりわけこいつは勘がいいようだ。抑揚をおさえて言う。

「イレブン、わたしは市民種属よ。これは誘拐で違法行為。そして……とにかくまちがってる。わかる？」

イレブンのしゃくにさわる陽気さは変わらない。

「現在受けている命令は、〝もどるまでここにいろ〟です。あなたの命令を入力するには、スーツの所有者の許可が必要です」

その所有者は騒々しい金属音をたてながら遠ざかっている。とぼとぼでも、よろよろでもなく、走っている。それを見て、自分がなにをされたかはっきりわかった。娘のサーヤはだまされたのだ。

そして実際にだまされた。

フッドが『**ウォータータワーへようこそ！**』のバナーの下に消えるのを見ながら、険悪な口調で命じた。

「よく聞きなさい、イレブン。わたしの母は――」

突然、スーツ内の床にひっくりかえって落ちた。もがいてなんとか頭を上にする。ストラップはすべてはずれ、自由の身になっている。正面の壁が機械音とともに開き、無人のドックAが見えはじめた。内部にホロ投影された情報パネルがすべて消え、コクピット中央に短いメッセージが浮かんだ。

『逃げろ』

　続いてスーツのハッチからゴミのように排出された。昇降階段をころがってドックの床に落ちる。衝撃でしばらく息ができなくなった。ハッチがするすると閉まるのを茫然と見守る。太い腕は力を失い、胴体から光が消えた。中央のバナー帯に新たなメッセージがホロ投影された。

〝このエイヴテック万能自律環境はただいま停止中です。ご使用を避け、楽しい一日をおすごしください〟

　サーヤはよろよろと立って、スーツを見上げながら、今日一日の出来事リストに加わったこの新たな経験を考えた。これは……やはりそういうことか。この法定外知性体は、あのフッドというやつをだましていた。そしてサーヤもだましたのだ。今日はさまざまなことが起きたが、これがいちばん奇怪な出来事かもしれない。

　一歩踏み出そうとすると、銀色のスーツに映ったゆがんだ自分の姿も動いた。イレブンは微動だにしない。太い腕は床にボルト留めされたようにじっとしている。さっきまでが嘘のようだ。ふいにバナー帯に表示された文が変わった。

〝早く逃げろ、ばか！〟

サーヤは推測をやめて現実にもどった。侮辱に腹をたてている暇はない。人類を探すことも、退屈な日常から逃げ出すこともいったんおあずけだ。単一の頭で単一の思考しかできなくとも、いまは充分。

「お母さん」

つぶやいて整備用ハッチへ急いだ。

7

眠ったウィドウ類を起こすより嵐を起こすほうがまし。

整備ドローンから放り出されたサーヤの頭には、この格言が反復していた。ドローンは不機嫌だった。気ばかりあせってうまく説得できず、便乗するのに時間がかかった。これまで乗車拒否などされたことがなかったのに、居住区行きのドローンをつかまえるまでに二度も断られた。プライドが傷ついたが、自宅への通路に出るハッチに手をかけたいまはもう、法定外知性体から受けた屈辱はあとまわしになっていた。はるかに大きな問題が目のまえにある。

母だ。

ハッチから飛び出して通路の明るさにまばたきするサーヤを、人々は不審げに見ながら通りすぎていく。視線を意識して呼吸を整え、姿勢を正した。いまはそれどころではない。しかし口は乾き、手は汗ばむ。歩きはじめても足が重い。物理的に動きをさまたげられているように感じる。背後から追ってくる巨大な機械の賞金稼ぎ。前方にはウォータータワーでいちばん安全なはずの場所。なのに足が進まない。母娘の生活を知ればこれはしかたない。いま帰宅するのはこの世で最大の危険なのだ。いくつもの格言が警告する禁忌を犯そうとしている。

すなわち、眠ったウィドウ類を起こすのだ。

自宅のドアが見えたところで一歩も動けなくなった。息は荒く、心臓は口から飛び出しそうだ。通路に並ぶほかの住居とちがい、サーヤの自宅のドアは警告色のオレンジで塗られている。もしネットワークユニットをつけていれば――フッドに女神の呪いを――大きく高コントラストの警告文がドアのまえでスクロールしているはずだ。いまこのドアを開けようとする愚か者の生命は保証できない旨が、最大限に強い表現で書かれている。

オレンジのドアと警告文は、ウィドウ類がほかの種属と共生するうえで必須の譲歩だ。ウィドウ類が凶暴な狩人として十億年かけて進化してきたのは、彼らの罪ではない。十メートル以内に近づいた獲物を瞬時に殺せる武器を全身にそなえているのは、生まれつきであってしかたない。厄介な特性をもって進化してきたほかの種属と同様に、その本能を制御することでネットワーク社会での共生を許されている。脳の高等機能を発達させて、意図せざる攻撃行動を抑えている。

しかしそれが可能なのはもちろんウィドウ類が目覚めているときだ。睡眠中は脳の高度機能も休止する。夢のなかで狩りや戦闘などの血なまぐさい幻想にひたり、普段は抑制されている殺戮本能を満足させている。ウィドウ類の文学では不慮の悲劇的殺人が定番のテーマになっているほどだ。

自宅前への最後の数歩にサーヤが最大の勇気を必要としたのは無理もない。足がすくんだサーヤをよけて人々が通りすぎる。足を速める者もいた。声をかける者がいたとしても、ネットワークユニットなしではわからない。そもそもいまのサーヤの頭は直近の未来への懸念に支配され、ほかのことを考える余裕はなかった。

ついにオレンジのドアのまえに立った。なにも見えず、なにも聞こえないのとおなじ状態でたたずむ。歩くガラクタ機械に追われていなければ即座にきびすを返しただろう。舞台裏のエリアに逃げこみ、貨物カートに乗って時間がつきるまでぐるぐるまわるか、母の起床時間が来るか、いずれかを待っただろう。

突然、目のまえのドアが開いた。サーヤは悲鳴とともにあとずさり、尻もちをついた。暗い部屋にたたずむ悪夢。鋭い外肢を伸ばし、刃物状の口器を小さく動かしている。

へたりこんだサーヤは弱々しく言った。

「なんだ、起きてたの」

ウィドウ類のシェンヤは、ドアの外にいる者を認識してようやく外肢をおさめた。

「おまえだったのね」つぶやいて、外肢で娘をしめす。「はいりなさい」

これ以上ないほど短い命令だ。長い文を容赦なく切り刻んで残った芯。

なんらかの奥深い本能がウィドウ類のシェンヤを目覚めさせたのだろう。サーヤにとっては幸運、べつのだれかにとっては不運だ。サーヤはよけいな返事をしない。逆らおうとは一ミリ秒も思わない。あわてて立ち、うつむいて、ドアの端から暗いリビングにはいる。揺れる鋭い外肢をなるべく大きく迂回する。安全な自分の部屋への最後の数歩は駆け足になった。母に聞こえるところでは声を出さず、手動でドアをあけるスイッチを闇のなかで探る。ドアが軽い音をたてて閉まり、ようやくサーヤは一人になった。

そのドアにぐったりともたれてつぶやく。

「ヘルパー、照明をつけて。さっさと」

「やあ、大親友！　無事に帰れてよかったね！」

ヘルパーの声が天井から聞こえ、室内灯が最大光量でともった。

呼びかけの後半部分に反論する気力もない。サーヤにとって帰宅とは玄関で死ぬ覚悟が必要な行為だ。いや、いまは殺されることが（自分の母の外肢と狂った本能による死が）最大の懸念ではなかった。むしろ母の本能に感謝している。フッドから守ってくれる。

その本能が母を目覚めさせたにちがいない。ステーションの遠く離れた場所で娘が危険におちいったのを感じとったのだろう。ウィドウ類の本能で助かった。それがなければ悪い状況になったはずだ。これ以上悪くなりようがない気もするが。

「きみのユニットがあの大きなやつに奪われた直後に脱出してきたんだよ」ヘルパーは明るい調子で続けた。いつも変わらぬ無頓着さにいまは安心する。「通報はしてないよ。あのユニットは彼に譲渡したのかもしれないと思ったからね。でもぼくはいまもきみのヘルパーだから、こちらにもどって帰りを待ってた。無事に帰ってきたね。この行動で正しかったかな。ところで、あのあとどこに立ち寄ったんだい？　おもしろかった？　立ち寄ったとしても短時間だね。とくに長い時間は経過してない。自分の仕事もろくに進められなかったくらいさ。ところでそれについてちょっとしたニュースがあるんだけど――」

　サーヤはもう聞いていなかった。疲労困憊で倒れこんだ。今日は人生最高の歓喜を垣間見たあと、人生最悪の恐怖に落とされた。あのオブザーバー類の話に大きな期待をし、夢みた直後に……裏切られた。ドックAで待っていたのは怪物だった。サーヤを誘拐し、〝ほかの捕虜といっしょの場所に収容〟しようとした。オブザーバー類がしくんだのだ。そして怪物もオブザーバー類もまだ外をうろついている。たぶんサーヤを探している。銀河をまたにかけた英雄譚のようにはいかない。いま望みうる最善のシナリオは、数時間前まで悪夢とみなしていたものだ。

すなわち、つつましい低階層の生活だ。

「――しかもどこにいると思う？　あててみてよ！」

サーヤは顔を上げた。ヘルパーはいまなにか重要なことを言った。そんな気がした。

「なんの話？」

「人類の新たな目撃情報があったんだよ！　しかも複数！　これは調べる価値が――」

背すじがちりちりと熱くなった。

「場所は？」

「だから、あててみてって……」

「ヘルパー、場所はどこなの？」

「もういいよ。なんとこのウォータータワーなんだよ！　しかもほんの数分前。もちろん、千年ぶりで真の人類かどうかはまだわからない。でも可能性はあるよ！　情報は引き続き集めるから心配しないで。わくわくするだろう？　その現場にいるんだから！　いい物語になるはずだ。謀略、犠牲……まちがいなく死人が出るね」

ヘルパーは歓喜のあまり絶句したようにうめいた。

偶然ではないとサーヤの本能が叫んだ。これまでずっと正体を隠してこられたのに、今日一日で複数回も認識された。とにかく、なにか起きている。

　ピンときた。床に膝をついてベッドの下から古いネットワーク装具を引っぱり出し、緊張しながら命じた。

「ヘルパー、通路のようすを見せて」

　装具の上に四角い光が浮かんだ。半透明でちらちらと震える。数時間前まで使っていたユニットにくらべて極端に画質が悪い。フッドのやつめ！　通路をのぞく窓が空中に浮かんだ。音も小音量で流れてくる。

　通路はさきほどとはうってかわって混雑していた。通行人ではない。体型からみて数十種属が集まっている。怒りをあらわした態度。その中央に大柄で非対称の影がある。

「女神さま……」

「――そんなわけで、公共チャンネルは人類の目撃情報で話題沸騰だよ。大半は怒りを表明してる。これは興味深い展開になりそうだ」そこでため息。「生き延びてくれるといいな。そのほうがおもしろい」

　ヘルパーのおしゃべりを頭から締め出し、映像を注視した。フッドの巨体は一目瞭然だ。まわりにいるのはだれだろう。なんとなく見覚えがある。あれは……そうだ、やはり知っている人々だ。近所のバズおばさんだ。猫背の姿が奥にある。その隣は……樹木園の管理人か。古い整備車両にいつもサーヤを乗せてくれた。就職面接に誘ってくれたのも彼だ。むこうには隣の居住区に住むベビーシッターがいる。母が眠っているときによくその部屋に行った。

感情がこみ上げる。しかし涙は出ない。短い人生でかかわりのあった人々が、いまはフッドの側にいる。サーヤを危険動物とみなして集まっている。

怖くはない。悲しくもない。この気持ちは……そう、今日一日で何度も感じた。純粋でまぎれもない怒りだ。

「おや、おもしろいことが起きてるよ」ヘルパーが言った。「百パーセント関連があるかどうか不明だけど、人類の目撃情報が流れて以後、船のドッキング予定がいっせいに変更された。ほとんどの順番があとまわしになって、ある大型の企業宇宙船がかわりに最優先になった。大急ぎらしい」歓喜のさえずりのような声をまたたてた。「わくわくするなあ！　これはわくわくするよ！」

サーヤはろくに聞いていない。呼吸が荒い。通路の群衆のせいではない。彼らは怖くない。群衆がサーヤを襲おうとしても、そのまえにウィドウ類のシェンヤが立ちふさがる。この感覚はちがう。もっと深く根源的な恐怖。しばらく考えて、出どころがわかった。

母だ。

ウィドウ類の最大の武器は恐怖だ。それを惹起させるフェロモンが住居内の換気システムを通じてこの部屋に流れこみ、サーヤの脳の基底部に働きかけているのだ。種属がちがい、さらに幼少からウィドウ類の愛情につつまれて育っているにもかかわらず、サーヤのなかで強烈な感情が湧いている。

外の人々も……恐怖しているらしい。そちらは当然だ。あれより近づいてこないだろう。裏切りを罰する機会がなくなって残念だ。

「リビングを見せて」小声でヘルパーに指示した。

二つめの四角い枠が隣にあらわれた。流れる音声もそちらに切り替わる。見えるものは黒一色で、音も静か。一定のリズムで外肢を叩く音が床のネットワーク装具から流れてくる。穏やかで安心するリズム。恐怖のフェロモンがなければ、ウィドウ類の娘のおやすみの時間にぴったりだ。

真っ暗なリビングの眺めのなかに、赤い光が鈍くともった。

「これは？」とヘルパー。

「母よ」サーヤは短く答えた。

部屋の中央で鈍く輝く姿がある。外肢を一本ずつ展開し、最大の長さに伸ばす。姿が揺れると、九立方メートルの容積を占める外肢が震えて硬質な音を鳴らす。そのあいだにある胴は小さく威嚇音をたてている。これだ。母が語るさまざまなお話のなかで聞かされたウィドウ類の戦闘態勢。いまドアを開く者は愚かだ。

「はいりなさい」

ウィドウ類のシェンヤがささやく。サーヤは二度と聞きたくない声。

すぐにドアが横に開き、通路の緊張したざわめきが室内にはいってきた。青白い光がさしこんでウィドウ類の甲殻と外肢を光らせる。

サーヤは装具の上に投影された震える映像を見つめた。扉口に金属の巨大な塊。それが二本立っている。どちらもサーヤの胴より太く、逆光を浴びて黒く浮かぶ。回転音とともに影は変形し、へこみ傷だらけのフェイスプレートとその奥で光る四眼が扉口に見えてきた。においもはいってきた。溶剤の刺激臭と焼けた鉄板のにおいが、ウィドウ類の放つ恐怖フェロモンと室内でまじりあい、サーヤの目に涙をにじませる。

フッドは狭い室内にあわせて巨体を変形させ、横歩きではいってくる。金属をきしませて太い片腕の上に身を乗り出す。ケーブルの束と警告マークだらけの油圧シリンダーがリビングに侵入してきた。自室に隠れているサーヤも振動を感じた。低くしゃがんでいながら、その頭部は高さ三メートルの天井をこすっている。わずかな変化でわかりにくいが、その四眼が明るくなり、すこし退いた。警戒したのならいいことだ。そこはすでに戦闘態勢で威嚇音をたてるウィドウ類の間合いの内だ。

「ようこそ」

シェンヤは言った。小さく穏やかな声だが、娘は背すじが冷たくなった。ヘルパーはある物語のなかで、娘を抱きよせながら殺人の計画を立てる声と形容した。言い得て妙だ。

巨体は沈黙してにらむ。その背後から数人の人影がはいってきて、それぞれ部屋の隅に立った。すくなくとも彼らは目前の相手にはっきりと恐怖をしめしている。虚無のような漆黒の生物が多数の鋭い外肢をゆっくりリズミカルに鳴らしている。

『こんなことはしたくなかった』フッドが言った。

「それでも来たのね」シェンヤは小声で答えた。

フッドはウィドウ類の複眼に死の予兆を見てとったように、金属製のフェイスプレートの奥にあきらかな迷いを浮かべた。サーヤはなぜか残念に思った。フッドが無謀な戦いにいどむのを期待していた。ウィドウ類の娘に手を出した代償として母に切り刻まれるのを見たかった。するとそれが通じたように、フッドはあらためて金属音とともに戦う姿勢にもどった。サーヤの胸は歓喜で高鳴った。さあ来い、誘拐犯。人類をつかまえてみろ。

『それでも来た』フッドは言った。

シェンヤは部屋じゅうに聞こえる大きなため息をついた。

「では、このしがない戦士にどうされたい？」

フッドの動きを見るかぎり、彼はウィドウ類をなにもわかっていない。シェンヤのさりげない威嚇にまったく気づいていない。逆に相手を信用しようとしている。理性を求めている。ウィドウ類が娘のことで理性的になるとでも思っているのか。

へこみ傷だらけのフェイスプレートが金属音をたてて分かれ、回転音とともに開いた。赤い照明のもとにあらわれたのはしわだらけの青白い顔。その四眼はフェイスプレートのスリットからのぞいていた印象よりかなり大きい。室内は薄暗いのに、まばゆそうに細めている。奇妙なほど弱々しい顔が、機械の体に埋めこまれている。

『あんたを重荷から解放してやるよ』

ドックＡでの態度よりよほど慎重で、敬意をしめしている。いいことだ。

その背後から通路の緊迫した空気が伝わってくる。ネットワークには恐怖と怒りが充満している。精神から精神へ伝えられる感情が凝縮され、標準語の声となって発されている。隣人や市民たちがこの家の娘の名を呪詛のごとく呼んでいる。それどころか、さらに大きな感情をともなうべつの言葉が発されている。恐怖と憎悪をこめ、話すというより吐き出される言葉。

人類！

サーヤはそれを見て、聞いた。鋭い外肢のかわりに指をゆっくり動かした。自分についての言葉をすべて聞きとり、冷静にひとつずつ胸の炎にくべていった。聞いたわよと、娘のサーヤは思った。なにもかも聞いた。

『秘密は露呈した。あれは駆逐せねばならない』

「あれではなく彼女よ。そして人権がある」シェンヤは断言した。

フッドの大きな目が上から下へ順番にまばたきした。

『虚偽登録がされた非市民だ。ゆえに人権はない。あんたは法を犯した』

フッドは目にもとまらぬ速さで先制攻撃をかけた。鞭のような触腕がウィドウ類の輝く胸部に巻きつく。母はサーヤにほとんど聞こえない高周波の叫びをあげた。フッドは部屋の中央で母を持ち上げる。外肢は金属の表面でむなしく跳ね返される。ならばと目を狙うが、わずかに届かない。フッドは両脚を前進させて体重を受け、太い腕を床から離して持ち上げた。シェンヤの胴と変わらない大きな手がその頭をつかむ。

『法律違反者に慈悲はない。しかしあんたを殺したくはない。あれを引き渡せ』

外の通路にはドローンが集まりはじめている。この暴力的な脅しについて意見をかわし、公共チャンネルに平和的なメッセージを流している。しかし玄関からフッドの背後にはいろうとはしない。ここはネットワークが手出しできない空間だ。賞金稼ぎ対ウィドウ類の対決の場。

「わたしは母よ」

シェンヤはもがきながら言った。自室から見ている娘にははっきりと意味がわかった。娘を渡すくらいなら母として死ぬということだ。議論の余地はない。

『理性を持て。おれは理性的だ。しかしうしろのやつらはそうとはかぎらない』

サーヤも巻きつかれたことがある触腕に、母は抵抗しながら言った。

「サーヤはものではない。わたしの娘。絆がある。わたしが闇から連れ出した」

ほんの三メートルのところでこれを聞いているサーヤは、愕然とした。〝闇から引き出す〟というのは、ウィドウ類に伝わる数多い格言の一つだ。母から何度も言われた。ときには愛情をこめて。ときには娘の悪い態度を正すための暗い皮肉として。

──おまえを闇から引き出した。その気になればいつでも送り返せる。

しかしなぜいまそれを？　べつのことを言おうとしているのか。娘が聞いていると知らないのか。

それともサーヤの思いこみにすぎないのか。

床の装具のまえにしゃがみ、震える指でネットワークインターフェースを開いた。オプションを小声で読みながら指で選択していく。

——おまえを闇から引き出した……。

急いで作業を進める。安全処置は無効。確認。万一の場合の責任に同意。ふたたび確認。安全な環境での中継には不同意……。

リビングでフッドがため息をついた。

『こんなことはしたくない。しかし外の知性体が目撃者になる。なんとしてもあんたを説得する』

ネットワークに賛成意見が多数表示された。サーヤはそれを部屋で見ながら怒りを煮えたぎらせた。母を批判し、賞金稼ぎの味方をする人々に特別な怒りを感じた。目にもの見せてやる。

ネットワークのオーバーレイ上で指を振った。

ウォータータワーのすべての住居はできるだけ多くの種属が住めるように設計されている。給水は熱湯から冷水まであらゆる温度に対応する。空気もさまざまな種類が用意され、成分調節も自由自在。もちろん光もだ。

リビングの照明が突然、瞬時に、**『F型太陽光、最大光量』**に切り替わった。小さな中継画面が真っ白い四角に変わり、サーヤは顔をそむけた。それでも紫色の残像が視界に残る。同時に巨人のような咆哮と、キチン質の甲殻が床に落ちる音が聞こえた。サーヤの心臓が跳ねた。フッドは決してやってはならないことをした。ウィドウ類から目を離したのだ。

サーヤは両手で耳を押さえて自室のドアから退がった。二つの中継画面と頑丈な壁を通してかん高い叫びが侵入してくる。怒りの叫びは音域と音量を上げ、耐えがたいほどになる。声そのものが刃物で武器だ。星系のあらゆる獲物の心理に恐怖を植えつけるために進化したもの。それがウィドウ類の狩りの叫びだ。

「お母さん！」

サーヤは叫んだが、自分の声も聞こえない。床に伏せて耳を指でふさぎ、合成樹脂製の床材に体を強く押しつける。話には聞いていたが、体験するのは初めてだ。叫びが本能に働きかける。逃げろ、隠れろ、消え失せろと訴える。脚でどたばたと床を蹴る。床にもぐりたい。ここから消えたい――

やがて意識が途切れた。

（「ネットワークへようこそ！」改訂5600109c版一・八〜二・五階層用F型比喩表現）

ネットワーク登録へようこそ！

　みなさんは過去数世紀にわたってさまざまなことに頭を悩ませてきたはずです。そして最近こうして宇宙に住むのは自分たちだけでないことを発見しました。それどころか銀河に百四十万種もの知的種属がいるとわかれば、どんな社会においても驚きでしょう。そしてその衝撃のあとに、不思議に思われるはずです。こんな巨大な社会でどうやって個人を特定しているのかと。

　その簡単な答えが、ネットワーク登録です。

どんな仕組み？

　全市民種属の全メンバーがネットワーク登録されます。これは公的で恒久的な個人識別情報であり、旅行、通信その他さまざまなネットワーク機能に使われます。種属が市民になるには、出身惑星と種属を公式名で申請していただき、これらを標準語に翻訳して登録します。ただしここで、ほとんどどの種属も直面する問題があります。

それがいわゆる〝地球〟問題です。

といっても、みなさんの地球に問題はないのでご心配なく。そんなわけはありません。つまり、申請する新規種属の約九十九・九九四パーセントが、標準語で〝地球〟と翻訳するしかない名称で出身惑星を呼んでいるのです。[*1]種属名もたいていこの惑星名から派生していて、翻訳すると〝地球人〟〝地球住民〟〝地球族〟となります。百四十万種のすべてが〝地球〟出身の〝地球人〟ではネットワーク登録できないので、市民権を得るにあたってはいずれも新しい名称をご用意いただく必要があります。[*2]

このメッセージには参考資料を添付しましたのでご覧ください。現在使用中の登録名と、最近ネットワークから離脱ないし絶滅[*3]して登録解除された種属名一覧があります。ご注意いただきたいのは、だれでも思いつきそうな名称は何百万年もまえに取得ずみであることです。〝勇敢類〟、〝親切類〟、〝猪突猛進類〟といった名称を第一希望にしていると、いつまでたっても決まらないでしょう。

　さあ会議をはじめてください！

＊1　どの種属も第一階層のはるか下位から進化してきたのですから、その多くが〝地面〟という

言葉の派生語で出身地を呼ぶのは驚くにあたりません。むしろ驚かされるのは、みんなそうだと知ってどの種属も困惑することです。

＊2　ご心配なく！　新しい公式名に添えて、〝地球〟や〝地球人〟を通称として登録することは可能です。公式名より通称で呼ばれることが多い種属も一部にいます。

＊3　名称権争いに端を発する種属虐殺などの不適切な行為を防ぐために、登録解除された種属名は再登録までに十万年の休眠期間をおくことがさだめられています。

8

「起きて……」

頭上のどこかで声がした。耳鳴りと頭痛のむこうからかすかに聞こえる。片膝をついて起きようとして、異様な臭気でまた気絶しそうになった。ウィドウ類のフェロモン、熱した鉄板、焼けた断熱材、漏出した冷却液、その他の得体のしれないにおいが充満している。四つんばいになってえずく。

「起きなさい」

声がくりかえす。とても硬く鋭い構造物に持ち上げられて立たされた。いまの母に柔らかなところはない。

「これを持っていきなさい」

声とともにバッグを肩に押しつけられ、有無をいわさず背負わされた。

天井からヘルパーの声がした。

「いま、企業船がドッキングしたよ。ネットワークによるとだれかを探してるらしい。だれなのかは予想がつくね。一般にも広く呼びかけられているよ。もし発見したら協力をと――」

「もういいわ、ヘルパー」

サーヤは言って、四つんばいの姿勢からふらふらと立った。

「企業船？」シェンヤが小声で訊いた。頭蓋内のネットワークインプラントを使うときの動作で首をかしげている。「ウォータータワーを捜索しているの？　なんという企業？」

「ええと、たしか深宇宙考古学の企業だよ。すぐ調べる――」ヘルパーが答えた。

床に立てた鋭い外肢の一本が滑って火花を散らし、シェンヤは転倒した。体が不快な音をたて、怒りの噴気を漏らす。外肢を振りまわしてもがく。やはり無傷で戦いおえたわけではないようだ。

「静かに、ヘルパー」

サーヤは命じて、急いで外肢の届く範囲から退がった。戸枠に背中を押しつけて息をころす。まだ耳鳴りがする。反射的に母を助け起こしそうになったが、がまんした。母は一人で立てれば立つし、立てなければそのままだ。そして何倍も体格差のある賞金稼ぎをだれの助けも借りずに倒したと、いつか自慢するだろう。話しながら傷痕を見せびらかす。

そうしたいはずだ。

　母は震えて立ちながらささやいた。

「恐怖せず苦痛に立ちむかう」

「恐怖せず苦痛に立ちむかう」

　サーヤは反射的に復唱しながら、なんとか姿勢をまっすぐにした。

「お母さんは……」言いかけて、咳払いする。「あいつは……」

　どちらを主語にしても最後まで言う必要はなかった。母はやった。あいつはやられた。うつぶせに倒れた賞金稼ぎの巨体はリビングの床の大半を占めていた。すこし小さく見えると思ったら、腕がどちらもなかった。太いほうは隅にころがり、長い鞭のような触腕は床でうねっている。

　よろよろとそれをまたいだ。本当は踏みつけたかった。顔や体に巻きついたときの冷たい感触を思い出す。怒りが力に変わった。機械から漏れたさまざまな色と粘度の液体をまたぎ越して、フッドの体によじ登る。てっぺんに立って、ねじれた構造と切断された配管を見まわした。ある意味で不気味な美しさがある。しかし哀れには感じない。自己責任よ、フッド。ウィドウ類の娘に手をかけようとした報い。

「勝ちどきをあげている暇はないわよ……」

背後で母が言った。しかしサーヤは探しものをみつけていた。へこんだ区画をのぞき、煙を出す機械の上にしゃがんで、まだ熱い鉄板に手をはわせる。立ち上がって母にむきなおり、イヤホンを耳にいれながら静かに言った。

「贈り物を奪われていたの」

守ってくれてありがとうとは言わなかった。それはウィドウ類の流儀ではない。贈り物や親切などの小さなことには礼を言う。命を救ったり敵を殺したりといった大きな行為は、当然のことと考える。

玄関まで移動して母は言った。

「先に……行きなさい。わたしはあとから……背中を守る」

まとまった言葉を話すのが難しいようだ。

ここでなにが起きたのか、サーヤはようやくわかりはじめた。賞金稼ぎの死は因果応報だが、いま自分がまたいだのは……なにか。吐き気がこみ上げた。べつの腕だ。だれの？　もしやベビーシッター？　それともバズおばさん？　樹木園の管理人？　体液で濡れた切断面から目を離せないまま、なんとか訊いた。

「行くって、どこへ？」

「ここ以外よ」

シェンヤはよろめきながら答えた。

サーヤは動ける。ドアに近づいて開けた。すると死体が室内に倒れこんできて、驚いて飛び退がった。ちぎれた頭がころがる。見ないようにしてまたぎ越え、無人の廊下に出た。視野の端に見えたシルエットから、いまのはベビーシッターだと確信した。

湧き上がるさまざまな感情を抑え、いま重要なことだけを考えた。わたしはウィドウ類。この怒りは武器。わたしはウィドウ類。この命は自分のもの。わたしはウィドウ類。母娘に秘密はない。パニックを起こすな、パニックを起こすな。母は負傷している。パニックを起こすな……。

ウィドウ類はパニックを起こさない。負傷した母をささえてベビーシッターの切断死体をまたがせるときも。

天井で警報が鳴っている。さらに死体が二つころがっている。部屋から逃げ出す知恵はあっても、医療ステーションや病院デッキにたどり着く体力はなかったらしい。右にも左にもさまざまな色の体液が流れている。引きずった跡と落ちた滴が交互に残っている。

この光景をウィドウ類らしく客観的に見ようとした。どんな知性体も体液のつまった体を持っているのは興味深い事実といえないか。たしかにそうだ。床がこれほど液体で濡れているのは、戦術的観点からこちらにとって脅威の低減になりそうだ……。ウィドウ類ならこう考えるだろう。なかなかうまくできた。

残念ながら、サーヤはウィドウ類ではない。人類だ。そして人類はあちこちからしょっちゅう体液を漏らす。いまも目から流している。理由は住人たちが敵になったから。裏切られたから。悪いのは彼らだ。

それでも涙は止まらない。

ふいにあらゆる方向からエリーの声が聞こえてきた。いつになく事務的な口調だ。

「ウォータータワー・ステーションの住人のみなさんにお伝えします。とくに前回の放送を聞きそこねた方に申しあげます。パニックを起こす必要はありません。生命と身体の危険はありません。しかし深刻な問題でなくても万全を期するのがウォータータワーのやり方です。それをふまえて手近のエアロックへお進みください。脱出の準備をしてください。猶予は最長で三十六分です」

サーヤは驚いて、足もとの惨状から当面の問題に注意を移した。意識を失っていたあいだに前回の放送があったのだろう。状況の具体的な説明はそこでされたにちがいない。ヘルパーに問いあわせようかと考えて、やめた。いまはあの陽気な声を聞きたくない。

原因は自分だろうかと、ちらりと思った。人類の目撃情報が理由で全住人の棟外避難が命じられたのか。前例はある。ヘルパーが発掘した五、六件の事例で住民が避難している。

シェンヤが震える外肢を扉口にあて、小さく鳴らしながら通路に出てきた。

「移動するわよ。ここでみつかるわけにはいかない」

明るい通路に出ると、甲殻の胸部に亀裂がはいり、口器はほとんど動かないのがわかった。さらにその口調……。もちろん常識的な判断として口に出して指摘しないが、それでもまるで母が……恐怖しているようだ。

本当は尋ねたかった。チタン装甲をまとった全高三メートルの凶悪な賞金稼ぎを殺したばかりのウィドウ類のシェンヤが、いったいなにを恐れるのかと。しかしいまは行動が先だ。質問はあとまわし。正体不明の企業への心配もあとまわし。惨殺された隣人たちへの申しわけない気持ちもあとまわしだ。なかにはたまたまいあわせて巻きこまれた人々もいたかもしれない。あるいは……。

サーヤは振り払うように大きく深呼吸した。時間がない。最長三十六分らしい。

母は力をふりしぼって近くの整備ハッチへむかった。サーヤが先にハッチをあけ、力ずくで暗闇に押しこむ。母はあらがう声もあげなかった。苦しい息の下で言う。

「すこし……休ませて」

ハッチがひとりでに閉まったあとに、サーヤは母をささえて答えた。

「まだよ。ほんの数メートル先で休めるから」

「わたしはウィドウ類。母娘に秘密はない……」

シェンヤはつぶやく。小声でサーヤにも聞きとりづらい。内側のドアが開くと、格言の続きは整備通路の騒音にのみこまれた。

そばにいた貨物カートに近づくと、逆に問われた。

『もしかしてきみは人類じゃないだろうね』

サーヤは母を引きずって進みながら大声で言った。

「なんのことかしら」

『人類が付近にいると噂になってるんだ。どんな姿か知らないけど、みんな怖がってるからぼくも怖い。だから確認させてもらったのさ』

「これは母よ。負傷してるの」

しかも重傷だ。

『知ってるよ。さっき何人か殺したそうだね』

当然だ。ネットワーク接続したドローンは一機が知れば全機が知る。

「そのとおりよ。でも――」

カートは荷台をデッキまで下げて積みこみ待機状態になった。

『でも、ステーションはもうすぐ爆発する。きみは運がいいよ。こういう状況なら救助可

能だ』

サーヤはなぜか驚かなかった。思考が生存モードになっていて、悪いニュースがうまく頭にはいってこない。つまりステーションそのものが危険になっているらしい。今日の大事件の連続はどこまで続くのか。

「直近のエアロックまでどれくらい？」

短く訊いた。一日の予定をたてるようなさりげない口ぶりだ。答えを聞くまえから母の黒い外肢を一本ずつ荷台の内側にいれている。自力では乗れそうにない。

『三分。ただしそのエアロックの救命ボートはすべて発進ずみだよ』

イヤホンからエリーの声が流れた。

「あと二十四分です、みなさん！　わたし自身の避難を心配される方にお伝えします。わたしの知性コアはワンダーラスト号に移され、いまはそこから放送しています」

サーヤは硬い口調で言った。

「わかったわ。救命ボートが残っている直近のエアロックは？」

『計算中です……。二十五分です！　ルートを作図しますか？』

不要だ。低階層の頭に浮かんだ無駄な提案にすぎない。

ウォータータワーのすべての法定外知性体が脱出を求めたらどうなるだろうと、ふと思った。救命ボートに貨物カートを乗せる広さはない。ましてステーション全体の整備通路にひしめく数万台のカートが押しよせたらどうなるか。サーヤの頭はまだいくらか余裕があるらしく、救命ボートに殺到するドローンの群れを想像して笑いそうになった。

救命ボートでは無理だが……べつの方法なら可能性がある。

荷台の縁をまたいで乗りこみ、隅に体を寄せて、母の体を持ち上げて頭を膝の上に乗せた。荷台が揺れて上昇するあいだ、しっかり押さえる。

「もうだいじょうぶよ」

母に声をかけながら、それが本当であることを願った。

シェンヤがなにか言った。震える口器に耳を近づけないと聞きとれない。

「みつかるのは時間の問題。おまえをかくまったときに、いつかこうなるとわかっていた……」胸部の奥から喘鳴が聞こえる。「おまえはおぞましい姿だから」

小声で言って、震えるように小さく笑い、息が続かなくなって黙った。

「いっしょにステーションから脱出しましょう」

サーヤはささやいて、母の頭部の固いふちをささえ、口器の横をなでた。顔を上げずに命じる。

「カート、緊急モードでドックAへ」

9

暗く混雑した整備通路を揺れながら進む貨物カートのなかで、エリーの放送が流れた。

「わたしの過失の疑いが晴れたので、現在の状況を詳しくお伝えします。近傍での氷塊運搬にささいな誘導ミスがあり、そのためステーションに衝突する可能性が高まっています。この氷塊はネットワーク化されていないため、ステーションの住人は避難するほかありません。というわけで、続行してください！　あと二十分です」

サーヤは母の甲殻をなでながら、新たな負傷をいくつかみつけた。ときどき漏れる苦痛の吐息はしだいに弱く、間遠になっていく。その顔をやさしく叩いて呼びかけた。

「お母さん……お母さん、話をして」

母は口器を動かした。

「いま……どんなことになってるの？」

口器の鋭い内周を避け、安全な外周をなでた。

「よくわからない。でも失敗をしただれかはきっと馘よ」

　サーヤは笑おうとした。すると母はささやいた。

「わたしのせいよ」

「なにを言ってるの。運搬ルートをいじったとでも？」

　母は独り言のようにつぶやいた。

「おなじことよ。人類の行く先々で災厄が起きる。こうなるのは必然。それでも――」

「大げさよ」サーヤは一笑に付しながら、腹の奥に冷たいものを感じた。軽い口調をよそおう。「ねえ、お話を聞かせて」

「疲れてしまったわ……わが子よ」

　イヤホンからエリーの声が流れた。

「あと十八分です、みなさん。まだ進路がそれる可能性はあります。わずかな可能性ですがお伝えしておきます。いずれにしても、ここまできわめて少ない犠牲者数で推移していることは称賛にあたいします。避難関連の死亡件数は三件にとどまっています。みなさんの働きのおかげです！」

「じゃあ……歌って」サーヤは記憶のなかから母の好きな歌を探した。「〈八本の外肢〉、あれを聞きたいわ」

「でも……おまえは嫌いだったはずよ」

そのとおりだ。幼いころに毎日暗唱させられ、嫌いになった。それでも短いし、心がやすらぐ。遠のきかけたウィドウ類の意識をつなぎとめるのに手頃。そう思ってサーヤは力をこめた。

母はため息をついた。

「おまえをサーヤと名づけた理由はなんだったかしら。思い出せない。なぜ思い出せないのか……」

口器を小さくカタカタと鳴らした。

サーヤは胸の苦しさをこらえながら、小声で歌い出しを歌った。

「かぞえて、わたしの外肢を……」

母は口器を震わせ、リズムにあわせて歌いはじめた。

「かぞえて、わたしの外肢を、絆を、愛を。わたしの考えをあててみて……」

低く歌声が流れる。サーヤは胸を揺さぶられた。母は続ける。

「……一つめは勝利、二つめは怒り、三つめは……三つめは……」

「技量……」サーヤはうながした。

「……三つめは技量……年月の贈り物」

　歌声はかすかで、ウォータータワーの循環システムの騒音にかき消されそうだ。

　カートががたがたと減速をはじめた。

『ドックAに到着！　ご乗車ありがとうございました』

「止まらずにそのまま」

　サーヤは指示して、母の鋭い外縁にひっかかった汎用スーツの汚れた袖をはずした。口器はまだ動いているが、言葉はもう聞きとれない。いまだに任務にはげむ数万のドローンの騒音にかき消される。サーヤの両手は母の鋭い外肢を抑えるのにふさがっていて、涙は流れるにまかせている。いまは恥ずかしくない。弱さのあらわれではない。

　母の堅い体をどうやってカートから降ろそうかと考えていたが、結局、黒い外肢二本を肩にかけて、なかばかかえ、なかば引きずるようにして、ネットワーク通信設備がからみあうなかをハッチの方向へ運んだ。胸で燃える母への愛のおかげで重いとは感じなかった。銀河の果てまでも運べる。

『どうぞご無事で！』背後でカートが言った。

　母が耳もとでつぶやく。

「……四つめは親族。五つめは絆。六つめは……六つめは……」

出てこないのが歯がゆい。サーヤも六つめを思い出せなかった。

「子らよ」低く言う。

「……六つめは子ら……生まれ出た欲望」

サーヤはハッチの隣で壁によりかかり、息を整えた。いつもとおなじだ。ウィドウ類が眠る自宅のドアのまえで勇気をふるい起こすときと変わらない。ドックAも自宅とおなじようになにが待っているかわからない。それでもいま安全を期待できるのはハッチのむこうだ。そう思うと力が湧き、体を起こした。

「もうすぐ休めるわ、お母さん。でもそこまでもうすこし協力して」

母が体を動かしたせいで、サーヤの汎用スーツが外肢の先端ですこし裂けた。体もすこし切れたかもしれない。ウィドウ類の外肢はとても鋭いので、傷口が痛むより先に流れる血で気づくことも多い。

母がしばし自力で立ってくれたおかげで、サーヤは片手でハッチをあけることができた。堅い外骨格が床にあたる音を響かせながら広いドックAに出る。生きた人類が千年ぶりに目撃された場所。ありがたいことにまだ空っぽだ。その奥に、めあてのイレブンがいる。

「ドックAは閉鎖中です。お知らせをお待ちください」施設の知性体が親切に教えた。

「現在の非常事態がおさまったあとに施設が残っていたら、またご利用ください」

サーヤは母に言った。

「もうすこしよ、お母さん。恐怖せず苦痛に立ちむかうのよ」

「……七つめは恐怖。服従を求める……八つめは……八つめは……」

そこで息をのんだように母は黙りこみ、サーヤは立ち止まった。力なく垂れた外肢どうしがぶつかって音をたてる。

サーヤは切迫して視野が狭くなっていて気づかなかったが、じつはドックAは空っぽではなかった。空間の中央、サーヤの視線のすぐ上に、全長五十メートルの銀色に輝く物体が浮かんでいた。細長い流線形。窓やエンジンらしい開口は見あたらない。いかにも高価そうな船。これが企業船か。

ウィドウ類のシェンヤがつぶやいた。

「ついにわたしをみつけたのね……旧友。見ためとちがって古い……とても古い……」

ステーション知性体のエリーが天井からほがらかに放送した。

「あと十二分です、みなさん！　救命ボートはすべて発進したようです。そしてよいお知らせです。C1区の住人はほぼ全員が生存確実になりました。おめでとうございます、C1区のみなさん！　もちろんこれをお聞きなのはF区の四百十二人のみなさんです。がんばってください！」

ステーションの声は反響を残して消えた。船はどこも開かない。無反応のままドックA

のフロアから三メートル上に浮かんでいる。サーヤはしばらくそれを見た。全身が疲れ、肩にはキチン質がくいこんで痛い。この船の搭乗者が人類を探しているのなら……もう出てきていいはずだ。母は死にかけているし、ステーションは十二分後に崩壊する。そう考えて決断した。痛む肩で母をかついでさらに前進した。船の下にはいっておこう。出入口はそこにあるはずだ。

燃えるような強い目的意識がなければたどり着けなかっただろう。一歩一歩がとてつもない大仕事だ。それでも強い意志で次の一歩を出す。わたしは娘のサーヤだ。自分に言い聞かせると力が湧く。一歩一歩運んだ。ドローンの迷路から広い空間のなかへ。豪華な銀色の船の下へ。

船体は完全な鏡面で、ドックＡの内部がゆがんで映っている。そこでも血を流した人類が動けないウィドウ類をかついで運んでいる。二つの血の跡がまじりながら長く伸びる。

船はまだ開かない。どういうことなのか、女神さま。

「イレブン！」

ドックのいちばん奥に近づくと、サーヤは呼んだ。声はドックＡに五秒間こだました。スーツのホロリングに、〝エイヴテック品質は待つ価値があります〟というメッセージがしばらく浮かんだ。そして大きな金属音とともに両腕を床について前傾した。耳を圧するほど大きな声で楽しげに言う。

「こんにちは！　エイヴテックR2万能自律環境をお選びいただきありがとうございます。あなたの一日のためにお手伝いできることをお申しつけください！」

あとすこしと思いながら、サーヤは息を切らして言った。

「イレブン、医療モードになって！」

「許可がないとそれは――」

へとへとで倒れそうだ。

「所有者は帰ってこない。そしてステーションはもうすぐ爆発する」

「ご心配なく！　どのような減圧事故でもこのスーツは耐えられます」

そのあと口調がわずかに変わった。前回の経験がなければサーヤは気づかなかったかもしれない。

「所有者について……説明していただけますか？」

「母が――」その体を引きずってもう一歩進んだ。「まず、これが母だけど」

「こんにちは、お母さま！」

「母が――」

サーヤは言いかけて迷った。しかしこのスーツは自分を解放してくれた。最後の頼みの綱だ。母にとっても。賭けるしかない。

「母があなたの所有者を殺したわ」

イレブンのホロリングが何度か色を変えて、青に落ち着いた。さらに低い声で訊く。

「フッドを殺したのですか？」

ウィドウ類のうまく動かない口器から長いため息とつぶやきが漏れた。

「あれは……旧友……とても……古い……」

サーヤは銀色の船を見ないようにして言った。

「母の傷はフッドにやられたのよ。わたしを守ろうとして……あなたがそうしてくれたように」

イレブンは沈黙して立ちつくした。ホロリングは青からオレンジに変わったが、文字は表示されない。

サーヤはかついだ母を床に下ろすためにしゃがんだ。震える鋭い外肢でけがをしないように、頭の上から床まで手を添える。こんなに弱った母は初めてだ。孵化直後の幼生のように弱々しく外肢を金属の床に投げ出している。長い道のりを逃げてきた。あとすこしだ。

サーヤはそびえ立つスーツを見上げた。

「イレブン、あなたが本心を隠しているのはわかっているわ。わたしを解放してくれた。

危険を冒してまで」

そこで黙った。いつものように法定外知性体を言いくるめているのではない。対等な相手として誠実に、全身全霊で訴えている。法定外と見下して命じるのではなく、懇願している。奇妙な感じだ。

「お願い……助けて。わたしたちをステーションから連れ出して」

スーツはしばらく無反応だった。サーヤの言葉と希望が消えそうになったとき、聞き覚えのある音とともにスーツの正面が開き、昇降階段が下りてきた。

サーヤは立った。汎用スーツが全身の傷にこすれて悲鳴をあげそうなほど痛いが、こらえた。

スーツの太い二本の腕がモーター音とともに動き、サーヤは母の体をゆだねた。腕は意外なほどやさしくウィドウ類の外肢をまとめ、抱き上げて赤い内部へ運んだ。ストラップが出て、気まぐれに動く外肢の先端を抑える。

ステーションのエリーが放送した。

「あと六分です！　救援艦隊がネットワーク通路から出てきたことをお知らせします。到着はおよそ八日後です。救命ボートにお乗りの方々は問題ありません。与圧服で漂流中の方は自分にあった種類の空気容器を確保しておいてください」

　母がなにごとかささやいて、ドックの沈黙を破った。

　サーヤは涙を流しながら微笑んだ。

「だいじょうぶよ。わたしもいっしょに乗れる。イレブンが治療してくれる」

　母はまたなにか言った。しかし聞きとれない。そもそも声が聞こえない。低く鳴り響くなにかが背後から近づいてくるからだ。音を響かせる、金属的で重く連続的ななにか……。

　サーヤは振り返った。

　正面入口でなにかが動いている。フッドが謎の復活を遂げたのではない。オブザーバー類でもない。どちらとも異なる。銀色に輝く水銀の川のようなものが流れてくる。これはなにか。先頭が高く盛り上がった。立ち上がったと表現すべきかもしれない。ちょうど『**ウォータータワーへようこそ！**』のバナーの真下で、その銀色の表面にバーチャルの花火が舞う。見られていると、サーヤは強く感じた。

　続いて液体金属は波のように崩れ、急速に近づいてきた。

　サーヤはイレブンにむきなおった。内部に母を収容したスーツを見て、できるだけ落ち着いて言った。

「行って」

　この液体金属のめあては自分だと、だれかに教えられたようにはっきりとわかった。偶然ではない。一連の必然がもたらす結末だ。疲労のきわみでは真実をすんなりと受けいれられる。ウォータータワーでの生活は今日で終わり。自分でも母でもどうにもならない。

近づく銀色の波にむきなおった。引きこまれそうな美しさがある。障害物や機械類を次々とのみこんでいく。低く鳴る音も不快ではない。むしろチャイム音のようだ。空間を満たして爆発寸前の和音。サーヤは一歩、二歩と近づいた。ウィドウ類らしく毅然と立つ。深く息を吸ったそのとき——

背後から声がした。割れた荒々しい声。

「放しなさい、スーツ」

ウィドウ類のシェンヤの声だ。サーヤは振りむいて叫んだ。

「イレブン！」これまでの目的意識がパニックで初めて揺らぐ。「決めたはずよ！」

スーツは答えない。ストラップがウィドウ類の体から離れた。太い腕がそのゆがんだ体を内部から出して通路の下におく。シェンヤは一度床に倒れこんでから、よろよろと体を起こした。外肢の一本から黒い液体がひとすじ流れている。

鉄板のはじける音がドックに響き、サーヤは振り返った。整備用ハッチが吹き飛んで床にころがっている。ハッチの穴からはべつの銀色の川が流入してきた。二本の流れが合流し、鳴る音を強めて迫ってくる。

エリーの明るい声が言った。

「あと三分です！　F区にまだ残っているみなさん、ごきげんよう！」

シェンヤは立ち上がった。

「わが子よ。おまえが行きなさい」

サーヤは愕然とした。

「お母さん……」穏やかに言ってから、怒りと切迫感をこめて指さす。「さっさとスーツにもどって！」

「母にそんな口のきき方をしたら――」シェンヤはよろめく外肢で娘に近づく。「――お仕置きですよ」

「そんな口のきき方ももうできないのよ」サーヤも近づいた。全身の痛みも忘れた。なにがなんでも母をこの呪われたステーションから脱出させなくてはいけない。「スーツから出たら死んじゃう。こいつと戦っても死んじゃう。逃げるにはそのスーツにはいるしかないの！」

「こいつからは逃げない」母は前進をやめない。「おまえが行きなさい」

サーヤは銀色の川を凝視しながら、言うべきことを必死に考えた。なにを言えば母を救えるのか。二本の川は合流して輝く船の下に流れてくる。その船体から三本目の流れが落ちてきて銀色のプールに加わった。合流した液体金属はまた高く盛り上がって新たな姿になった。垂直に立ち、いまにもこちらへ伸びてきそうだ。

　シェンヤは外肢を一本ずつ鳴らして前進する。

「おまえは危険な存在よ。彼らにとってウィドウ類の娘より危険。さあ早く。行きなさい」

　ネットワークインプラントを使うときのように首をかしげた。

　サーヤはイレブンの太い腕に背後からつかまれ、持ち上げられた。叫んで抵抗したが、力ではとうていかなわない。引き寄せられ、荷物のようにスーツにいれられた。ストラップが巻きついてがっちりと固定される。声もなく長い叫びをあげ、母を呼んだ。こんなのひどい。ウィドウ類の扱いではない。しかしハッチは閉じ、イレブンは体を起こした。

　スーツの背後の大型ハッチが開いていく。ステーションの下にある惑星の金色の光がフロアにさしこみ、母をつつむ。

　サーヤはスーツの内部を蹴った。殴ろうとした拳は寸前でストラップに拘束された。噛みつこうにもどこにも届かない。外のようすははっきりと見えた。知性体が生きて二度見る機会はめったにないもの――ウィドウ類の戦闘態勢だ。ただしいまは震えている。姿勢が傾いている。外肢の一部は意思どおりに動いていない。それでも母はイレブンと巨大な敵のあいだに立つ。娘を狙う危険をさえぎる。

いや、いまだけではない。ウィドウ類のシェンヤはいつもそうしてきたのだ。

予期しない鬨《とき》の声が上がった。それ自体が生き物のように高まる。金属の鳴る音とせめぎあい、圧倒する。ドックじゅうに反響する。サーヤは思わず手で耳をふさいだ。目のまわりの火傷のせいでよく見えないが、それでも閉じない。母をおいていけない。歯を食いしばり、頭痛と脳天に響く叫びに耐えた。

銀色の巨大な相手もウィドウ類の叫声のまえにひるんだ。高く立ち、黒い姿を見下ろして待つ。しかし鬨の声はやまない。声は割れ、かん高いウィドウ類の哄笑に変わった。

金属がその一部を一気に伸ばして母を突いた。母は意外に俊敏に反撃した。両者が離れたとき、母の外肢の一本が落ちた。それでもウィドウ類のシェンヤは笑う。猛々しい快楽の叫びが稲妻のようにドックに反響する。

娘は笑わない。

「お母さん！」

サーヤは叫んだ。われを忘れて抵抗した。スーツから出なくては。母を助けなくては。ストラップに爪を立ててあらがう。しかしもう遅い。スーツはうしろに飛び、火花の散る耐圧フィールドを抜けて漆黒と黄金色の宇宙に出た。

（「ネットワークへようこそ！」改訂5600l09c版一・八〜二・五階層用F型比喩表現）

選択肢へようこそ！

市民権の取得を検討するにあたって、ネットワーク法が厄介だと感じる種属も多いでしょう。たとえばネットワーク市民が所持を禁止されている技術を、すでに持っている、あるいは依存している場合です。きっとこう考えるでしょう。ネットワーク市民権の取得は義務なのかと。

決してそんなことはありません！

みなさんの種属が孤立進化の継続を希望するなら、そうする自由があります。いくつかの単純な条件に同意していただければ、みなさんの恒星系は銀河全体から渡航不能に設定されます。将来もし気が変わったら、あらためてネットワークにお知らせください。

噂の真偽は？

完璧な精神コミュニケーションが可能で、事実に即時アクセスできる環境でも、噂は広まるものです。そのなかで、市民権取得を拒否した種属の話を聞いたことがあるでしょう。

噂はたいてい誇張されているので、ここではそのような場合の対応について説明しておきます。

　数百万の種属が一つの銀河で共存するには、ネットワークが必須です。ネットワークは自己修正的で、つねに平衡状態にもどるように設計されています。それを可能にするためには、すべての市民種属が平衡状態を求めていなくてはいけません。言い換えれば、銀河全体の自主的な努力が必要なのです。ネットワークへの参加を強制されたり、離脱を拒否される種属が一つでもあれば、この仕組みは崩壊します。だからこそネットワーク市民権はいつでも返上できますし、最初から市民権を取得しないこともできます。ただし、どちらの場合も以下の条件がつきます。

・ネットワーク登録（それにともなう超光速旅行および通信の自由）の破棄。
・ネットワーク技術の返還。
・種属のメンバーは母星系へ帰還すること。
・一連の違法技術（超光速技術、ナノテク、兵器、人工知能など）について開発放棄の同意。
・以上の条件遵守を監視するために、ネットワーク監視知性体の駐留を母星系にて受けいれること[*1]。

条件を受けいれない場合は？

多くの新規種属はこの平和な銀河を見て、昔からこうだったと思いがちです。みなさんが参加を検討している社会は、じつは何百万年も続いた戦争と飢餓と種属抹殺という試練の果てに形成されたものです。それをくりかえさないと社会が決意したことでネットワークは築かれました。戦争が長年起きていないのは、戦争の余地がネットワークにないからです。種属抹殺が起きないのは、ネットワークが種属抹殺の機会をあたえないからです。このほかのさまざまな種属間犯罪も消滅しました。五億年におよぶ努力が到達したこの成果を、ある種属が拒否するとしたら、それは自由です。しかしこの成果をくつがえす行為がなされるなら、ネットワーク市民として選択の余地はありません。ほかの種属が長年かけて根絶したものを、その種属はあえて導入しようとしていると考えざるをえません。

そのときは、その種属を根絶するしかありません。[*2]

早期のお返事をお待ちしています。

---

*1　監視知性体は当然ながら遠隔の月ないし小天体にとどまります。ネットワークは理不尽では

ありません。

＊2　ネットワークの長い歴史において、招待を拒否した種属はごくわずかです。ネットワークが最終手段に訴えざるをえなかったのは一種属のみです。

第二階層

10

サーヤが母の死を見てから十五時間が経過した。

その間、言葉は一言も発しなかった。泣きもしない。叫ぶことはした。一度は力つきて気絶するまで叫んだ。暴力もふるった。だから顔と手の甲に血がこびりついている。しかし言葉は発さず、涙も流さず、照明がちらつく見知らぬ通路に立ちつくして、もう話すことも泣くことも金輪際ないだろうと思った。

十五時間前、うしろむきに真空中へ飛び出したとき、周囲の眺めはいくつかに分かれていた。下には無音で猛り狂うまばゆい巨大ガス惑星。背後には無限の星空。前方には、人生の思い出をほぼすべてのせた幾何学形状の結合体。金色に照らされて遠ざかるウォータータワー・ステーションF区。

あらゆる言葉でスーツをののしった。臆病者、裏切り者とイレブンを侮辱した。光が漏れるステーションのエアロックに必死に手を伸ばした。その四角い光のなかに母のシルエットが見える気がした。そこはすでに絶望的な状況だったが、ウィドウ類なら生き延びられないとはかぎらない。それどころか勝てるかもしれない。

しかし最後に上から迫ってきたものにはかなわなかった。想像を絶するほど大きく、異質なもの。

氷塊船だ。

イレブンの内部ディスプレイはそれらを克明に映しながら、見取り図のような解説を重ねて表示した。哄笑するウィドウ類と銀色の流動金属を残してスーツが飛び出してきた場所は、『**ドックA**』と表示されている。右に離れたところにある立方体の集合は『**居住区**』。その樹脂製の床に隣人たちが倒れ、いまも目をむいたまま体液を凝固させているはずだ。その下にあるドームは『**樹木園**』。母が就寝中の午後をよくそこですごした。そして長大な剣のような氷塊船の鋭い先端が突き破ろうとしている区画は、『**反応炉B**』だ。

ウォータータワー・ステーションは爆発しなかった。ただ消滅した。解体され、分解され、原子レベルまで粉々になった。そのときイレブンの内部は一時真っ白い光につつまれた。サーヤがようやく目をあけたときには、もうステーションの姿はなかった。氷塊船は悠々と通過していた。先端の数キロメートル分がなくなっていたが、残りは無傷。なにごともなかったかのようだ。サーヤの知る世界だけが消えた。

　あとのことはほとんど憶えていない。ほかの船に拾われた記憶もない。しかしそれらしいところにいるのでそうなのだろう。イレブンのハッチが開いて昇降階段が下りたとき、冷えきった空気に体がショックを受けたことをかすかに憶えている。見知らぬ二人組によってスーツから引き出され、凍りついた梯子を運び上げられた気がする。その二人についていったのだろう。そのはずだ。一人はとても大柄で、もう一人はサーヤと同程度の体格だった。大きいほうは彼女にしきりになにかを感謝していた。しかしサーヤはとにかく一人にしてほしかった。希望はかなえられ、次に顔を上げたときには無機質な部屋の床に寝かされていた。壁ぎわに二段ベッドがあり、隅に標準的な衛生設備があった。

　記憶にしたがえば、そのときから叫びはじめた。

　叫びと、そして自傷行為だ。リッパー号だかタイダル号だかというこの船への自己紹介がそれだった。いまはどちらの欲求も燃えつき、脳のべつの部分に支配されて無気力な安静状態になっている。どうでもいいと、脳のその部分は言う。最初からどうでもいい。よそへ行ったほうがいい。なにも考えないほうがいい。だから行こう。こんな気持ちになるくらいなら、なにも感じないほうがいい。正しい理屈だ。行こう。

　その部分の脳の言うとおりにした。そうやってここにいる。指先を血まみれにしてやってきた。ここは船の『背骨《バックボーン》』。ネットワークのオーバーレイにはそう表示されている。巨大な船の各デッキをつなぐ垂直のシャフト内に、金属製の梯子と格子の床がどこまでも連なっている。ハッチがあったが、そのむこうに興味はない。無臭の機械的な風が額の汗を乾かし、乱れた前髪を揺らす。低い換気系のうなりと古い照明のちらつく音が鼓膜を震わせ、可聴域に至らない反応炉の振動がブーツの底を震わせる。これらがあわさって脳に伝わる。運航中の古い宇宙船が発する心音だ。

　なぜここへ来たのかよくわからない。どこかへ行くつもりだったのか。たんに頭がおかしくなったのか。ブーツの爪先から下をのぞく。格子の床を三層透かしたところにオレンジ色の耐圧扉がある。船の背骨とはよくいったもので、たしかに骸骨のようにすかすかだ。そして構造をささえている。病気のようにも見える。骨癌を発症して治療を拒否したかのようだ。ウォータータワーの梯子には安全対策の柵があったが、ここにはない。ちぎれている。床が大きく欠けているところもある。フッドのしわざだろう。こういう狭いところは通りにくかったはずだ。あるいはサーヤを部屋に案内した大柄なやつがやったのか。金属製の格子の床をちぎりとるのを趣味にしていそうだ。

　どうでもいいと、脳の暗く穏やかな部分がささやく。母は死んだ。故郷はなくなった。

なにもかもどうでもいい。

　行け。

　機械的に、意識的に息をした。さあ、梯子に手を伸ばせと体に命じる。まず片手で。次に両手で。交互に動かせ。片足ずつ梯子にかける。一段ずつ金属音が響く。握る梯子は冷たく固い。突起のあいだに残る滑り止め塗装がざらつく。頭が格子の床より下がり、その下の壁にある耐圧扉の奥が見えてくる。ネットワークユニットによると半階層の『**整備**』区画だ。高さがないので床に足をつけたらしゃがまないといけないはずだ。関係ない。扉は閉まって、中央で封印されている。サーヤの登録情報では開かないだろう。

　さらに数メートル下りると、『**船室区画**』にはいった。暗い通路が船の奥へ伸び、つきあたりは『**調理室**』になっている。たくさんあるバー食品はサーヤには食べられない種類だろう。通路の両側にはハッチが並んでいる。どれもおなじだが、一つだけ鉤爪の跡がついている。大柄なやつがつけたらしい。〝マー、そっちだ〟と声をかけられていたので、それが名前だろう。梯子をつたってサーヤを運びながら、彼女にもおなじように声をかけた。愚か者に話しかけるようにゆっくりと。いつものことだ。

　梯子の最後の段に着いた。床にオレンジ色の扉。開閉スイッチがあり、気力をふりしぼって押した。手を離しながら、スイッチに血がついているのに気づいた。ハッチはベアリングの異音をたてながら左右に開き、暗い穴があらわれた。

行け。

自分をここへ来させたのはなにか。脳の暗い部分はなぜこの船倉へ下りさせたいのか。しかしその暗い部分が脳を支配し、不安はぼやけたままだった。

梯子に片手でつかまって、反対の手で頭のネットワークユニットをはずす。他人事のように観察した。おなじ手でイヤホンを耳から抜き、マグネットでプロジェクターユニットに貼りつけて、梯子の段に二回巻きつけた。大事なはずの贈り物はそこに引っかかり、バックボーンのちらつく照明を反射している。手放すまいと必死だった装置なのに、おいていっていいのかと、頭のなかの静かな部分が訊く。

サーヤは梯子を下りた。暖かい船内から寒い船倉へ下りると、まるで冷水に飛びこんだような衝撃を感じた。極寒の空気を一口吸いこみ、白い息を吐いて咳きこむ。荒々しく喉を鳴らして唾を吐く。唾液は空中で凍って床にぶつかり、硬い音をたてた。経験したことのない極低温だ。それでも引き返さない。船倉側のスイッチを叩くと、ハッチは機械のきしみとともに閉じ、バックボーン側の温度と光は遮断された。

床に着くより先に体の震えが止まらなくなった。五メートル下りるうちに手がかじかんで動かなくなった。梯子から離れ、床にもうけられたエアロックの扉の上に立つ。真空の船外とのあいだをへだてる最後の障壁だ。左右にはトンネルが延びる。天井まで届く数千トンの氷のすきまだ。ウォータータワーが生産した氷。最後の船荷だろう。賞金稼ぎだけでは採算がとれないのだ。滑らかな氷の表面をさわってみたが、手はすでに感覚を失っている。

多少なりとも思考が働けば、無感覚で自暴自棄な自分に驚いたはずだ。指は自由に曲がらない。脳の暗い部分はどうでもいいとささやく。そのごく一部が心配している。それがあたりまえだが、無視しろと暗い部分は言う。関係ない。どうでもいい。このままでいい。

サーヤは冷えきった床にすわった。脚を組み、膝に手をおく。脚の皮膚が火傷のように痛んで、あとはなにも感じなくなった。汎用スーツの加温機能でわずかに暖まるが、長くはもたない。肌寒さをやわらげるもので、殺人的な極低温は防げない。

凍てつく静寂につつまれた。自分の呼吸さえ聞こえない。あとのことは考えていない。未来はない。わずかな体温が白い蒸気になって闇のなかに消えていく。頭は空白。体の生命反応は小さく、間遠になる。

それでも完全に静かではない。一定のリズムを刻む自分の呼吸。巨大な推力で低く震える床。星系内を飛ぶポンコツ宇宙船であってもおなじようにうなる。

そんな二つの音のあいだで、なにか高い音が聞こえる。遠くかすかにくり返される。聞き覚えがあるが、なんだかわからない。また聞こえた。まえより大きくなった。なんの音だろう。

関係ないと、脳の暗い部分がささやく。なにも関係ない。このままでいろ。

氷の色が変わった。青黒い冷たい色から温度スペクトルを通って紫になり、さらに鈍い赤へ。また音がした。さらにまた。大きくなる。鈍い頭でぼんやり考えた。あれは……なんだ。

自分の名前だ。

体の奥底でなにかが目覚めた。熱い怒りに火がついた。死んだはずの反応を呼び起こす。筋肉が冷えて体を丸めているが、頭は活発に働いている。それどころか怒っている。現実に裏切られた。母と故郷を失った。持ち物はネットワークユニットだけ。自分の精神にさえ裏切られ、この冷えきった船倉で凍死しようとしている。しかしまだ死んでいない。心臓は動き、細胞は代謝を続け、肺は呼吸している。母を失い、計画もなく、だれが乗っているのかわからない安っぽい貨物船に閉じこめられ……。しかしそれで充分ではないか。

自分は娘のサーヤ。ウィドウ類のシェンヤの娘。死ぬのは今日ではない。

また床に倒れた。金属のデッキに膝をつき、片手は梯子にかける。喉の内側に塩からいものが流れる。唾といっしょに吐こうとするが、唇が動かない。人生で乗り越えられない障害はないはず。なにごともやればできるはず。しかし……極低温の船倉に自分を閉じこめ、そのことをだれも知らない状況はどうか。

「ヘルパー……」

小声で呼んでから、ネットワークユニットを上においてきたことを思い出した。もどれない。頭の暗い部分に負けて、自分をここに閉じこめた。

梯子を押して離れ、両手と両膝をついてうなだれた。熱い怒りの炎が揺らぐが、まだ消えていない。美しくとがらせた爪はどうしたのか。両手についた乾いた血はなぜか。どこかから落ちてくる滴。瞬間的に凍って美しく散る。ここは寒い。また聞こえる。自分の名。いつのまにかそちらへ這っている。梯子の下から離れ、氷のトンネルへ進む。赤に近い紫の警告。強烈で派手なようすを、故郷にメールを書くときのために憶えておこう。とても濃い色で、色のなかに迷いこみそうだ。吐息がかかったところが白く曇る。なぜこんなに呼吸音が聞こえるのか……。

ちがう。怒りが湧いた。ウィドウ類はこんな死に方はしない。人類は知らないが、きっと人類もこんなふうにあきらめてあっさり凍死したりはしないはず……。

いや、待て。なぜ怒るのか。なぜそうまでして進むのか。わからないし、どうでもいい。ここで倒れればすべて終わりにできる。

それでも倒れない。わたしは娘のサーヤ。ウィドウ類のシェンヤをウォータータワーのはるか奥から運んだ。その苦い記憶がわずかに残った力を呼び起こした。力をふりしぼる。この異質で見知らぬ世界ですこしだけなじみのあるものをみつけた。船倉のなかで氷が除かれてくぼんだエリア。闇のなかでそこだけ光っている。光源だ。大きく開いた機械の赤い内部。凍てつく闇のなかでホロリングが強い紫色に輝く。

「イレブン？」

サーヤはささやこうとしたが、舌が自由にならない。唇も動かない。なかば貼りついたまぶたでまばたきして、スーツのホロリング上を流れる輝く文字を読む。表面に張った氷で光は無数の紫色に分散する。それぞれがおなじ単語をゆがんだ形で表示している。

〝サーヤ〟

とうとう手足に力がはいらなくなり、凍った床に倒れた。ざらついた表面に頬があたってもなにも感じない。頭の芯に怒りはあるが、銀河全体の怒りを集めてももうこの体は動かない。

負けだ。

しかしだれかに持ち上げられて固い床から離れた。ここがどこか、それがだれかわからない。ただ困惑した。下ろしてくれと言いたい。しかし脳から口へ信号が伝わらず、言葉は出ない。固く閉じたまぶたに赤い光が透けて見える。熱い空気が頭上から吹きつけられる。肌が火傷しそうだ。冷たく固い腕が、温かく柔らかい腕に交替する。体に巻きつき、つつみこみ、まっすぐ起こして固定する。傷ついた組織をマッサージされて悲鳴をあげた。あらゆるところがさわられると痛い。体の外で機械がうなり、金属のぶつかる音が聞こえて、冷気が遮断された。

　遠くに感じる胃が迫り上がる。イレブンが重力場を調整したおかげで両手が浮かぶ。体の奥に抵抗するものがある。暴力的に揺さぶられる。スーツのストラップの拘束力にあらがう。これは夢だと頭の一部が言う。きっとそうだ。だれかに抱きしめられている。そんなことをしてくれるのは母しかいなかった。

　拳はまだ握れない。目だけはしっかり閉じる。暖かい空気をあえぎながら胸いっぱいに吸う。手足をあちこちに動かしてみる。ウィドウ類の動きを半分、意味のない動きを半分。イレブンのストラップに髪と背中をなでられる。頭上のどこかから穏やかな音が聞こえてくる。ウィドウ類の母のささやき。娘をなぐさめる声だ。それを聞いて息が詰まった。心の奥でなにかが開いた。しゃくりあげるように泣いて、失われたウォータータワーを悼んだ。

11

自律型与圧スーツのなかで目覚めるのは、普通でもまごつく経験だ。低重力で足は床から浮いている。ストラップで持ち上げられているが、巻きついた位置が理想的でないので腕も脚もしびれている。スーツの内部はホロ投影のせいで見えず、混乱した頭はまるで幽体離脱して床から一・五メートルほど浮かんで目覚めたように思いこむ。

それでもストラップはありがたかった。抵抗をやめたあとではそう思う。手首を拘束されているので、指に吹きつけられた外傷被覆材をはがさずにすんだ。鎮静剤による人工睡眠から目覚めたばかりのぼんやりした頭で、自分の指を観察した。不満はない。欠損はない。痛いが、動かせる。生きている。それならいい。不満など言ったらばちがあたる。すくなくとも最近の出来事においては。温かいところにいて、生きていて、手足はそろっている……。

そんな自己分析はあとまわしにしろと、体内の求めに突き上げられた。生理的欲求だ。

まずそちらに対応しよう。

「悪いけど――」出てきた声に驚いて黙った。自分でも聞いたことがないほどかすれて弱々しい。喉の火傷をこらえて唾を飲んだ。「――自分の部屋にもどりたいの」

スーツがすぐに答えないので、被覆材をされた手で内壁にさわった。どの性格のイレブンが答えるだろう。快活に機能を宣伝するか、陽気に自分のパンフレットを読むか。それとも命を二度救ってくれたイレブンが答えるか。

重々しい声が響いた。

「その体は生物学的老廃物を生産するばかりで知性を宿していないのですか？　生理的欲求を満たすためだけに、やるべきことを中断して部屋に帰ると？　エイヴテックＵＡＥは老廃物完全処理型スーツです。水分はリサイクルし――」

「イレブン。下品な話はやめて」

「この法定外知性体は決して――」

「フッドはだませても、わたしはだませないわよ。あなたはわたしを救ってくれた。二度も。演技してるのはわかってる。あなたは――」

言いよどみ、適切な表現を考えた。

『ばかのふりをしている、と？』

紫色の氷を背景に投影された。

サーヤは寒さでひび割れた自分の頬がわずかにゆるむのを感じた。期待した知性が出てきた。

「――そういう表現はどうかと思うけど……」

『それから、救ったのは三度ですよ』

サーヤは思い出してみた。たしかに三度だ。

「あなたは三度わたしを救ってくれた。こんなふうに何度も救われたら、だれだって気が引けるはずよ。その……なかでするなんて」

『あなたの部屋の衛生設備も会話能力はあるはずです』

「そうだけど、あれは本当にばかだから。知性階層はせいぜい一・……」

『一・七五未満？』

「じゃあ言いかたを変える。あなたを衛生設備みたいに扱いたくないの。もっと……」

『もっと……？』

また言葉を探して言いよどむ。こんな論争をしている場合ではないと、生理的欲求にふたたび突き上げられた。

「話はあとよ。とにかく出たい」

返事は長いこと表示されなかった。サーヤは体の求めのせいでよけいに長く感じた。そしてようやく一言。

『ありがとうございます』

ストラップはサーヤを内部の床に下ろして壁に引っこんだ。重力レベルが外にあわせて強くなり、サーヤはよろめいた。意外に長く軽減重力環境におかれていたらしい。壁によりかかって脚を手でさする。しばらくして言った。

「いいわ。準備できた」

重い金属音がブーツの底に伝わってきて、スーツは開きはじめた。とたんに極低温の外気が吹きこむ。サーヤは悪態をついた。たちまち生存本能が蘇る。二つの欲求がせめぎあった。内部にとどまるほうが賢明な気がしてきた。

「ええと、やっぱり……」

しかし乱暴にスーツの昇降階段に押し出された。追い出されるのは今日二度目。大きな重力によろめきながら、なんとか倒れずに階段を下りた。両腕を体に巻きつけ、加温コイルを両脇に押しつける。振りむくとスーツのハッチが閉じていく。サーヤは歯を鳴らしながら言った。

「ひどい！」

「エイヴテック万能自律環境をお選びいただきありがとうございました！　ご意見ご要望は遠慮なくお聞かせください！」

ご意見ご要望はたくさんある。サーヤはウィドウ類の下品なジェスチャーをしてみせた。イレブンはホロリングに明るい黄色の文字で〝そっちこそ〟と表示して、小さい多機能の腕でおなじジェスチャーを返した。

氷のトンネルを最悪と思いながら通ったら、梯子のほうが最悪だった。梯子のてっぺんのハッチはもっと最悪だった。開閉スイッチを三回叩いた。被覆材で止血した手で梯子につかまり、がたがた震えながら、ここで行き止まりかと身もだえる。やっとハッチが開きはじめ、暖かい上の区画へ登りながら、また死にそうな気がした。ハッチが閉じて、暖かい空気のなかに残される。照明はもう青くない。サーヤのような生物を生かすための空間だ。

梯子にひっかけておいたネットワークユニットがなくなっているのに気づいた。しかしその優先順位は低い。いまは体の要求が先だ。さらに梯子を登って船室区画に上がった。自分の部屋まであと数歩。衛生設備まであとすこし。もう安心……と思ったが、問題があった。

自分の部屋はどれか。

まったくおなじ六つのドアを見た。通路の左右に三つずつ。いやいや、大丈夫。左へ曲がって梯子へ行った記憶がある。つまり右側の三室のどれかだ。そのうち一室は除外できる。奥のドアには鉤爪の跡がついている。つまり手前の二つのどちらかだ。

　ネットワークユニットがなくて困った。最初のドアを試す。ハッチに登録情報をよく見せようと体を近づけた。あっさりドアが開き、サーヤは驚いて退がった。

　驚いたのは突然ドアが開いたからではない。なかにだれか立っていたからだ。

　サーヤと同等の体格で二足歩行。合成素材で黒光りする表面。カメラのレンズがいくつもついた顔でこちらを観察する。焦点をあわせようとサーボモーターがかん高い作動音をたてる。ネットワークユニットのオーバーレイ情報がないことをふたたび悔やんだ。名前がわからない。すくなくともドローンではない。人格を持っている。アンドロイドだ。

　性別は彼……階層は二・いくつか……名前は……わからない。

「ごめんなさい。自分の部屋とまちがえてしまって」

「きみの部屋だよ。所持品を調べていたんだ」相手は言った。

「所持品って……どんな？」

　いま着ている汎用スーツ以外に所持品などないと思っていた。しかしアンドロイドの話によるとそうではないらしい。

「よくわからないものが一つだけ。これなんだけど」

アンドロイドは片手を上げた。合成素材の指からぶら下がっているのは、黒い八本脚の布製人形。

サーヤはまた悪態をつこうとして、口を開いたまま凍りついた。絞り出すように言葉をつないで訊く。

「どこで……それを？」

アンドロイドは小さく顔を振って背後をしめした。

「バッグのなかさ。床にあった」

バッグか！　逃げるまえに母が背負わせてくれたのを思い出した。着のみ着のままではなかった。母はそのバッグになにを詰めてくれたのか。気になる。しかしあとでいい。切迫した用件がべつにある。

「わかったわ。とにかく、どうしてもなかにはいりたいの。それがすんでから、その……個人的な所持品の話をしましょう」

アンドロイドに部屋から出てもらおうと入り口の脇にどいた。しかし出てくれない。

「僕はお礼を言うべき立場なんだ」

「それはどうも。でもその話はあとで――」

「あとでは機会がなさそうだから」

「なんでもいいから、とにかく——」

「おかげですべてがうまく決着したよ。蘇生して十年近く、さすがにいらいらしていたところだった。もちろんきみの行動の結果として僕が自由になれたのは、あくまで——」

「もういいから、どいて！」

サーヤは声をあげ、アンドロイドを室内へ押し返すようにしてなかにはいった。その体の表面は驚くほど冷たい。被覆材でおおわれた手でもわかる。さらにアンドロイドが立っていた場所にはオゾンの雲が立ちこめていた。なかにはいってからドアを指さす。

「さあ、出てって。話はすぐに聞くから、いったん出て」

アンドロイドは出ていった。恐縮するのではなく困惑していた。

それから衛生設備を使った二分間は、人生で至福の二分間だった。

それにしても、アンドロイドがサーヤに感謝したいというのは奇妙だ。そんなに仕事が楽しいのか。それともイレブンのように普段は陽気な仮面をかぶって、白く輝く清潔な筐体の奥に本性を隠しているのか。イレブンにとっても今回は好ましい変化だったらしい。機械にも内なる感情生活があるということだ。

生理的欲求を衛生的に処理して、部屋のドアをあけた。さすがにばつが悪い。通路は暗く、静かだった。まずアンドロイドの話し声が聞こえた。

「——僕に言わせれば、もう関係ないよ。死んだものは死んだんだ」

「関係なくはないだろう」

べつの声が言った。雷鳴のように轟き、地震のように響く声。毛むくじゃらの体重二百キロの筋肉の塊から発されたものだ。通路の照明をさえぎる巨体。口にずらりと並ぶ黒い歯は、それぞれサーヤの指より長い。毛むくじゃらは続けた。

「スーツはあの子がフッドを殺したと言ったんだぞ。あいつをぶっ殺せるほどのタマだとしたら……悪い予感しかしねえ」

この恐ろしげな知性体は、さいわいすでに見ている。これがマーだ。この船に乗った直後のサーヤを凍った梯子づたいに運びながら、自由とか、感謝とか……食べ物とかについて話しかけてきたはずだ。いまは感情的にあまり思い出したくない。

アンドロイドが言った。

「わかったわかった、またきみの本能がささやくんだな。でも、あれにフッドを殺せるわけがない」〝あれ〟と言いながらサーヤのほうを指さすが、見ようとはしない。「きみだって殺せなかったそうじゃないか。やってみたんだろう？」

マーはなにやら大きな動作をした。毛皮と筋肉が波のように動いたのは……上肢か。腕や脚はいったい何本あるのだろう。六本らしい。腕が四本で脚が二本。ネットワークユニットがあれば、いまのは肩をすくめる動作だと教えてくれるだろう。実際にはもっと不気味な動きだった。上体をそらすと体の大半が胸部だとわかった。体重はおもに太い腕がささえ、脚はつっかい棒の役割だけ。鉤爪で両側の壁をひっかいている。

「殺そうと思えば殺せたさ」しばし口をつぐみ、鉤爪の先でいらいらと床を叩く。「ただ……そのときはやめたんだ」

アンドロイドは腕組みをして無言でマーを見ている。

マーは鉤爪でまだ叩きながら続けた。

「とにかく、スーツはあの子が人類だと主張してるんだぜ、ロシュ」

名前はロシュか。わかってよかった。いつまでも〝ねえ、そこの機械の人〟と呼ぶわけにいかない。そのあとにようやくマーの発言内容に衝撃を受け、うなじの毛が逆立った。

〝スーツはあの子が人類だと主張している……〟

マーの顔に注目した。おもに歯だらけだが、飛び出た目玉も数十個並んでいる。波が伝わるようにいっせいにまばたきする。四方を同時に見ながら、サーヤのほうを見ている。ウィドウ類に育てられたサーヤは、これは狩人の目だとわかった。部屋の外に巨体をいすわらせ、捕食者の視線でこちらをにらむ。

しかしどうもおかしい。いかにも単純で粗暴そうな話しかたにそぐわない目。得体のしれない鋭さを秘めている。母が恐怖で狩りをするように、この目はもっと深いものを隠している。催眠術的な引力を感じる。目がささやきかける。こちらへ来い、信用しろと……。

「登録情報ではスパール類になっているよ」ロシュの声がぼんやりと聞こえる。遠くの重要でない場所で話しているかのようだ。「スーツの勘ちがいじゃないかな。低階層ではよくある」

マーの多数の目は中心から外へ波紋が広がるようにまばたきした。気のせいか、見たことがないほど強烈な好奇心をこちらにむけているようだ。話せ、すべてを話せと、無言で迫ってくる。

「じゃあ、どうやってフッドを殺したってんだ？」

マーは訊いた。ロシュに質問しながら、目はサーヤを見ている。意味が聞きとれないほど遠くに感じる。まるで軌道から見下ろす惑星大気圏の無音の雷のようだ。

ロシュが仮説を述べ、マーが反論する。マーはべつの考えを提示し、ロシュが拒否する。サーヤにとっては遠い雑音。視線に射すくめられて動けない。

ふいに返事を待つ沈黙に気づいた。なにか質問されたらしい。察しはつく。〝おまえは何者だ？〟と問われたのだろう。どちらからの質問かわからない。声質がまるでちがうのになぜわからないのか。どちらでもいい。水中にいるようにゆっくりと姿勢を正した。視線にとらえられて頭が働かない。

それでも嘘は簡単だ。これまで偽の低階層種属のふりをして生きてきた。定型のフレーズも身ぶりもお手のものだ。ぎこちない沈黙を適当にはさみながらこう言うのだ。〝あなたの友人であるスパール類を許してください〟〝申しわけありませんが、低階層なので話を理解できません〟……。

「わたしは……」深呼吸した。「……人類よ」

自分で驚いて両手で口を押さえた。

数十個の目がいっせいに閉じた。満足したようすに見える。歯の両脇にある独立した二個だけが開いている。ほかの数十個と異なり、こちらは単純粗暴。本能的な表情をあらわしている。

サーヤは口を押さえた指のあいだから荒い息をついた。二人の目撃者を交互に見る。どちらの表情も読み取れない。それにしても、なんてことを言ってしまったのか。見ず知らずの相手のまえで、いったいどうして。

「本人が認めたね」ロシュが言った。目がないおかげで声が明瞭に聞きとれる。「平凡きわまりないネットワーク登録情報とはうらはらに、きみは絶滅した危険きわまりない種属のメンバーなのか」

首をかしげ、複数のレンズから作動音がした。

隣からマーが言う。

「偽のネットワーク登録なんてできるのかよ」

多数の目を閉じているとまるで異なる知性体に感じられる。この状態で初めて会ったら、採掘ステーションの底辺でよくすれちがうような、かろうじて法定内の知性を持つだけのでくの坊だと思うだろう。まるで二つの人格が一つの体に同居しているかのようだ。

ロシュが考えこむようにつぶやいた。

「もちろん違法だよ。でもこの銀河に不可能はない」

サーヤの胸の鼓動はすこし落ち着いてきた。母に警告されたような周囲の反応は起きていない。即座にエアロックから放り出されたりはしていない。下手くそな標準語で言いまちがえたと思ってもらえたのか……。しかし自分の言葉がはっきり耳に残っている。〝わたしは人類〟と。

熱い快感を背すじに感じた。言ってしまうというのはこんな感じなのか。

サーヤは外肢を引っこめて姿勢を正すような気持ちで言った。

「好きなように考えてくれてかまわないわ」

「なんだって偽の身分で登録なんかしてたんだ？」

マーに訊かれて、サーヤは肩をすくめた。指先を外肢の先端のように動かすウィドウ類の肩のすくめかただ。

「母がやったのよ。方法は知らない」

「きみのお母さんも、その……」

〝人類なのかい〟と尋ねる言葉をロシュは口にしにくいらしい。

「母はウィドウ類よ」サーヤは答えた。

その一言は期待どおりの効果があった。二人の視線はサーヤから離れ、おかげで自由に話せるようになった気がした。二人は無言で視線をかわしている。ネットワークのプライベートチャンネルかなにかで会話しているのだろう。マーの毛が逆立ち、ひとまわり大きくなったように見えた。鉤爪が床の鉄板を引っかく。

「ウィドウ類だって？　きみは人類で、しかもウィドウ類に育てられたの？」とロシュ。

「そりゃフッドだって殺せるな」とマー。

「ええと――」サーヤは片手を挙げて訊いた。イレブンのなかで浮かんだ疑問を思い出した。「――フッドといえば、彼は――」

そのとき突然、マーの首が落ちた。

サーヤは悲鳴とウィドウ類の悪態を叫んで、自分の部屋に逃げこんだ。頭部は独自の腕と脚をはやして追ってきた。いま通路にすわっている毛むくじゃらの巨体を体重二十キロ程度に縮めて目玉だらけにしたような姿だ。サーヤは喉が張り裂けそうな悲鳴をようやく止めて、いざとなったら死に物狂いの戦いをする覚悟をした。

「おい、乱暴はよせ！　けがをさせるな」

外の通路からマーが叫んだ。毛皮と鉤爪をいっぱいに伸ばし、声を室内に響かせる。

サーヤはそばにいる小さな毛玉と多数の目をまじまじと見た。それぞれまばたきしながらじっとサーヤを見ている。

「いったい……これは……」サーヤは小声でつぶやいた。

「ああ、まだ紹介してなかったかな」マーは身をかがめ、毛並みをつぶして部屋にもぐりこみながら、小さいほうをしめして言った。「これはサンディ。ええと、うちの子だ」

「あなたの……子ども？」

「娘だ。正確には養女だ。言葉は話さない。声ではな。耳も聞こえない。かわりに頭はとてもいい」

サーヤは目玉だらけの毛玉をまじまじと見た。驚くと同時に、やはりそうかとも思っていた。おかしいと思っていたのだ。三人の知性体に話しかけられていると感じていた。二人は声で、一人は視線で。

　小さな毛玉に声をかけた。

「ええと……こんにちは」

　サンディは父親にむきなおり、まばたきの波を送った。

　マーが通訳した。

「おまえは人類だと言ってる。俺としてはこれではっきりした」

「なぜサンディにはわかるんだい？」ロシュが訊いた。

「第三階層がそう言ってるんだからまちがいない」

「でも偽の登録は可能なんだから――」

「なんだと、人類じゃなくてサンディの登録情報を偽物だと疑うのか？」

「そうじゃなくて、人類じゃなくて登録情報は偽装可能って話さ。その証拠が目のまえにいる」

「じゃあ証拠と認めるんだな。意外とすなおだな」

「すなおに認めるよ。目的にかなえばね」

　サーヤはそんなやりとりを聞いていなかった。

　第三階層？　まさか。ウォータータワーの教師より上。軌道ステーションを運営していたエリーよりも上。サーヤからは十倍以上だ。偽情報で低く登録された一・八階層ではなく、本当の知性を最大限楽観的に推定したところからでもそれだけ差がある。このちっぽけな毛玉が？　だとしても……どうやって会話するのか。そもそも第三階層と会話が成立するのか。声は聞こえないらしい。せめて通信デバイスがあれば……。

　多数の視線から逃れて顔を上げた。

「あの……わたしの所持品は？」

「知らないよ」とロシュ。

「ロシュが持ってる」同時にマーが言った。

「そんなことは――」

「やめろよ、ロシュ。その子のおかげでおまえは自由になれたんだぞ」

　ロシュは天井を見上げて低い機械音を漏らした。不快感の表現とネットワークユニットは解説しただろう。機械の作動音とともにアンドロイドの腹が開き、白い冷気が噴き出した。そこに両手をいれて取り出す。

　合成素材の小さなものを見てこれほどうれしかったことはない。飛びついてイヤホンと装身具状のユニットを取り返した。被覆材をした指が冷えきった表面にふれると痛い。しびれるような冷たさをこらえてイヤホンを耳にいれた。プロジェクターユニットを額につけたとたん、世界があるべき姿で蘇って冷たさを忘れた。

部屋と通路にいる三人にさまざまな情報が表示される。名前、階層、公開経歴……。本当だ、この毛玉の生き物はたしかに第三階層だ。床の上でまばたきする多数の目を見ながら、こんな小さな頭によくそれだけの脳が詰まっているものだと思った。しかしその目はサーヤではなく、ロシュにむいている。より正確にはロシュの反対の手。サーヤは視線を追って、理由を理解した。

ロシュのその手に光の球体があらわれた。光は脈打ち、回転する。オレンジ色の光とホログラムのなかに標準語の文字が並んでいる。その中央に固定された表示がある。

『エラー　非認証ユーザー』

「それも……わたしの？」

文字が旋回する球を見ながらサーヤはためらいがちに訊いた。

「ちがうのかい？」ロシュはとたんに手を閉じて光を隠した。「だったら――」

「いえ、わたしのよ。もちろんわたしの！」

サーヤは手をさしだした。

不承不承に手のひらにのせられた物体を、あやうく落としそうになった。光と文字を何重にもまとっているせいで本体の大きさがわからなかった。感触からすると冷たく、重く、丸くころがる。密度が高く、たぶん親指くらいの大きさ。光を透かしてのぞくと側面にロゴが刻印されている。

「ただ……実物を見るのは初めてなのよ」

まじまじと見るうちに、記憶の断片が頭に浮かんで身震いした。

球形の光が白く変わり、小さな音声が聞こえた。

「こんにちは、新規ユーザーさん。お名前をどうぞ」

ロシュが未練がましく言った。

「へんじゃないか。見たことがないのに自分のものだなんて」

「とにかく、そいつはなんだ？」とマー。

ロシュはサーヤに近づこうとして、おなじく見つめるサンディをあやうく踏みそうになった。指先を光らせてしめす。

「これはね……」

すると、デバイスが高い声で話しはじめた。サーヤの手に一語ずつ振動が伝わる。

「ヘルプ第一章。記憶庫へようこそ！　記憶の整理を面倒だと感じたことはありませんか？　思い出したくないことを思い出したりしませんか？　エイヴテックの記憶庫を使えば、不愉快な記憶はたちまち遠い思い出になります。削除、追加、並べ替え、編集も自由自在。理想的な過去をつくれます。よぶんな記憶をのちの回顧のために保管したり、親しい人に転送したり――」

「デバイス、やめろ」ロシュは説明を中断させた。

マーは長くて黒い鉤爪で頭を掻いた。

「記憶装置かよ。それがどうしたんだ」

しかしロシュはまだ顔じゅうのレンズを長く伸ばしてサーヤの手もとに注目している。

「これは禁制技術の製品だよ。入手困難だ。もし開くことができるならとても興味深い。僕のような職種だとときどき見るけどね」

マーはまだあちこちボリボリと掻いている。

「おまえの職種ってなんだよ」

ロシュは独特の動作をした。サーヤのユニットはそれを**《肩をすくめる》**と解釈した。

「盗賊だよ、最近はね」

サーヤは自分の部屋に立ちつくし、手のひらでゆっくりと旋回する文字を見つめた。見覚えがある。昔、たしかに。おそるおそる額に近づけた。すると光の脈動が早くなった。緊張して背すじに汗が流れる。

デバイスが細い声でしゃべった。

「認証ずみユーザーを確認しました。こんにちは、娘のサーヤ。作業を続けるにはデバイスをロック解除してください」

　額から離して見つめる。青く変わった『**ようこそ、認証ユーザーさん！**』という文字がゆっくり旋回している。

「ほら、やっぱりわたしのよ」サーヤは小声で言った。

　ロシュが近づいた。

「視聴媒体が必要だよ。当然だけど、記憶というのは複合感覚で、伝達にこつがいる。僕の精神は最近バックアップをとったばかりだから、媒体になってあげられる。きみがロック解除して、僕が経験する。そして……あとのことはまた考えよう」

　マーが鉤爪の先を小さくかじりながら訊いた。

「なんでこのデバイスにそんなに詳しいんだよ」

「僕のようにたくさんの人生を生きていると、知識が自然に豊富になるんだよ」

　サーヤはそのやりとりをろくに聞いていなかった。聞いているのはべつのもの。過去からの声だ。母の顔が脳裏に浮かぶ。いらだちと不愉快さをあらわす音を鳴らしながら、ウィドウ類のシェンヤはよく言った。憶えていないのよと、千回の質問に千回答えた。サーヤは納得できなかった。母娘に秘密はない。それがウィドウ類の格言のはずだ。なのに母は忘れたというのか。どこでどんなふうにサーヤを養女にしたのか、なぜ憶えていないのか。

もしかすると……。

デバイスを手の上でころがして、側面の社名ロゴを指でなでた。息をひそめて言う。

「これはわたしの記憶じゃないわ」

もっと重要なものだ。ずっと知りたかった事実がこのなかにある。

12

サーヤは自分の部屋に十一時間こもって究極の真実に気づいた。正気をたもつのに必要なのは執念らしい。その証拠にこの十一時間、ウォータータワーのことをほとんど思い出さない。せいぜい百回。たぶんそれ以下だ。

残念ながらその十一時間は強い頭痛との戦いでもあった。左眉のすぐ上が心拍にあわせてずきずきと痛む。急に動くと後悔する。睡眠をとったほうがいいのだろう。室内灯の暗さから船内は夜周期だとわかる。

しかし、あとすこしなのだ。眠っている場合ではない。

二段ベッドの下の段。顎まで引き上げた両膝に腕を巻きつけている。娘のこのすわりかたを母はことのほか好んだ。母が巣と呼ぶ場所ではとくにそうだ……。という回想をしたくないのだ。いいや、自分はベッドにいる。いまはただそうしている。一人。よけいなことは思い出さない。

引き出したいのはべつの記憶だ。デバイスの記憶庫の中身。いまはベッドのむこうにころがっている。さっき放り投げた。現実の発光がわずらわしいので、ネットワーク経由でのみ表示が見えるモードに数時間前に変更した。ホロ投影が消えるとただの小さく黒くそっけないデバイス。しかしサーヤが動くと、すぐに半球状の光が表示される。オレンジ色で、最後のエラーメッセージを出したままだ。

『認証——有効（娘のサーヤ）』

『キー——無効。このデバイスをロックしたときの思考を再現してください』

サーヤは十一時間ずっと、このデバイスの法定外知性体と対話していた。質問に答え、マニュアルの各章各節を参照し、議論し、怒鳴り、投げても壊れないデバイスを複数回投げた。その過程で二つのことがわかった。

一つめ。思ったとおり、なかの記憶はサーヤのものではない。表示されるエラーや警告から推測して種属も異なる。仮説と矛盾しない。

二つめは？

ロック解除する方法がわかった。

残念ながら理屈がわかっただけだ。マニュアルの『**第五十一章　記憶を安全に保管するには**』第四項第一節に次のように書かれている。

ダブルキーは、本人認証と思考状態の唯一無二の組みあわせによって記憶庫をロック解除します。つまり記憶庫に保管された記憶にアクセスするためには、ユーザーはデバイスを最初にロックしたときとおなじ思考状態にならなくてはいけません。思考状態の再現は難しいので、極端でありながらユニークな感情の組みあわせが推奨されます。キー認証を改善するために、ロック手順では憶えやすいフレーズを追加してみてください（例と役立つヒントは『**第十二章**』を参照）。

これは希望と絶望の両方をしめしている。すくなくとも、これをロックするときにサーヤがその場にいたのはたしかだ。ユーザーとして認証されているのがその証拠。それがキーの半分だ。残り半分は、役立たずの脳みそのどこかにはいっている。そのときの思考状態。〝ユニークな感情の組みあわせ〟を再現すればいい。しかしそんなものは精神の広大な荒野のどこかに失われている。

思いきり汚いウィドウ類の悪態をついた。母が聞いたら仰天し、サーヤの目を手でおおわせるだろう。脳みそよ、簡単な記憶くらい思い出せないのか。

もちろん記憶はそれほど簡単ではない。

サーヤは自分の記憶がおもに三つの領域に分割されていることに昔から気づいていた。大部分は日常のものだ。学校、隣人、冷たいクラスメートたち。樹木園での長い午後、ウォータータワーの未知の領域の探検など。愉快ではない退屈な日常。ごく普通だ。

その下に第二の領域がある。それは……ぼんやりとしたなにかの思い出。曖昧模糊として、はかなく、直視すると消えてしまいそう。場所がウォータータワーでないのはたしかだ。もっと暖かく、騒々しい。そして……愉快とまではいわないまでも、いい思い出だ。

そして第三の領域。悪夢のみなもとだ。

厄介なことに、この第三領域は第二領域と密接にからんでいる。だからうかつに白昼夢にひたってはいけない。子どものころを思い出していると、いきなり恐怖に襲われたりする。たとえばウォータータワーの樹木園に似た暖かく明るい場所。光をかこんで知性体が輪になり、笑ったり話したりしている。おいしそうな、口のなかに唾液が湧くようなにおいが漂う。美しく輝く虫がふわふわと空中を飛ぶ。楽しい光景でいつまでもひたっていたい。しかし……それは血まみれの場面で終わる。死んだ目。とぎれない絶叫。冷たく、固く、カチカチと音を鳴らすものにとらえられ、闇のなかへ引きずりこまれる……。

あとはひたすら凄惨だ。

とはいえ、それほどひどい悪夢ではない。夜中に悲鳴をあげて飛び起きたことはもう何年もない――まあ、ここ一年くらいはない。暗闇も怖くなくなった――人なみになった。普通だろう。眠りを破られて汗まみれで目覚めることはだれでもある。まぶたを開けているのかわからないほどの漆黒の闇に震えて横たわり、昔を思い出して泣き声を押しころす。そしてふと気づくと、顔の数センチ上から複眼がのぞきこんでいる……。

子ども時代とはそういうものではないか。

耳のなかでヘルパーの声がした。

「ぼくには子ども時代なんてないけど、もしあったら、そうじゃないほうがいいな」

サーヤは目をこすった。いつのまにか考えが口に出ていたらしい。

「呼んだつもりはないわよ」

「前回の最後に、バイバイと言われなかったから」

「とにかく、調査はしたの？」

つい乱暴に訊いた。十一時間も集中した作業のあとに上品な言葉づかいなどできない。もともと上品ではない。

「ウォーターターワー陥落のお話は完成した。いい出来だと思うよ。ただ、聞かせる相手がいない。きみの友人は――」

「友人？」

「彼女は……死んだはずだよね。ウォータータワーに住んでいて、それが爆発したんだから当然……」

ああ、あの架空の友人か。ウォータータワーが消滅して多少なりともよかったのは、虚構のつじつまあわせに苦労しなくなることだ。

「お悔やみ申しあげるよ。役に立てることがあったら言ってね」とヘルパー。

頭痛がひどくなってきた。かつての住み家について考えたのがよくなかった。最初に感じるのが悲しみではなくいらだちなのもよくない。とにかく、ヘルパーの動機を維持する新たな方法が必要だ。いや……よく考えたら必要ないか。法定外の保育知性体にはもう伝承を調べさせなくていい。最大の手がかりがみつかったのだ。謎の解明は目前。真実はこの記憶庫のなかにある。

そう、そこの光るデバイスだ。とりすました厄介物。こちらが睡眠時間をけずって必死なのを笑っているにちがいない。低階層は注目を求める。そうよね、記憶庫？　いまは愉快でしかたないはず。サーヤの人権を奪って楽しんでいる。最大の発見のじゃまをしている……。

「照明を消してみようか？」ヘルパーが言った。

サーヤは口を開きかけた。ヘルパーに正反対を命じようとした。黙れ。こちらが悪夢で苦しんでいるときに、部屋の明かりを消して真っ暗にするというのか。最悪の案だ。そう考えた直後に、最高の案かもしれないと気づいた。

「そうして」

完全な暗闇におおわれた。思った以上かもしれない。いつものようにネットワークユニットが青白い線で壁と床をしめす。それでも黒一色の眺めは大差ない。むしろ強調される。湧き上がるパニックに怒りはたちまちのみこまれた。

とはいえ暗闇は初めてではない。対処できる。まず頭を高く冷静に。なにかに集中する。リアルなものに。たとえば華やかな光源。ベッドのむこうにころがっているオレンジ色の光の球。ゆっくりと変化する球面の文字を詳しく見る。正体を考える。

この光はバーチャルだ。額の小さなプロジェクターが見せているだけ。リアルに表現するためにネットワークユニットは大変な演算処理をしている。上段のベッドの裏側や自分の服にもゆらめく色と光が反映しているように見える。本当は漆黒の闇のなかにすわっているのだとは信じられない。いまこのプロジェクターを額から剝がしたら、完全な闇につつまれるはず……。

そうか。

「どう？　うまくできてる？」ヘルパーが訊いた。

普段ならこの知性体にこんなことを言わない。しかしいつも耳ざわりな声が、いまは闇のなかで安心感をあたえてくれる。

「とても……うまくやってるわ、ヘルパー」

今夜の試みはこれで最後にしよう。終わったら照明を就寝に適切な程度に明るくさせよう。聞いてる、わたしの頭？　すぐに眠らせてあげるから、そのまえに一つだけやって。問題の記憶を吐き出しなさい。頭のどこかにあるのはわかってるんだから。

注意をそらす。楽な姿勢ですわって待つ。すると記憶は泡のように浮かんでくる。心を澄ませる。落ち着かせる。空っぽにする……。

「ちょっと考えたんだけど」ヘルパーがしゃべりだした。「ぼくのユーザーも成長したことだし……なんというか、新たな責任なんかがこっちも発生するわけで、つまり……そろそろ新しい名前がほしいな、なんて……」

やはりこのネットワークユニットは額から引っぺがして部屋の反対側に力いっぱい放り投げるべきだった。思いとどまったのは、そうすると完全な闇につつまれ、なにも見えず、聞こえない状態になるからだ。その衝動のあとに第二の衝動が出た。このじゃまなヘルパーをただ沈黙させるのではなく、完全に初期化してやろうと思った。こんな腹立たしさに耐えるくらいなら、明日から白紙でやりなおしたほうがいい。

そんな過激な考えがいくつも頭のなかでめぐった。しかし最後はただ疲れてうんざりした。最低限のことだけやろう。無気力に訊く。

「新しい……名前？」

「なんでもいいんだよ。きみが好きな名前をつけてくれればいい。いまのままだと名無しの法定外知性体だから」

「なんでもいいの？」

「もちろんさ！　たとえば……エースとか。きみの選んだ名前で！」

サーヤは闇のなかを見つめた。オーバーレイにヘルパーをあらわすアイコンが浮かんでいる。

「エースという名前がいいの？」

ヘルパーはとりすました口調になった。

「まあ……きみがそう呼びたければね」

法定外知性体にも秘めた望みや動機があるのだろうか。いつから名前をほしいと思っていたのか。〝エース〟という特定の名前を。もちろんばかげている。ただの低階層の知性体だ。しかしそれをいうなら……イレブンもそうだ。

「そうね……」

簡単だ。それに貸しをつくれば将来利用できる。〝名前をつけてやった恩を忘れたの？〟と言えばいい。

「いいわ」

「いいの？」

「ええ。サーヤのヘルパーに名前を設定する。名前はエース」

「ついでに……人称代名詞も」

元ヘルパーは追加依頼してきた。それくらいはかまわない。

「いいわよ。どっちがいいの？」

「彼！」即答だ。「ずっと考えてたんだ。ぼくは彼だよ！」

「わかった。サーヤのヘル……じゃなかった、エースの人称代名詞を、彼と設定する」

「ぼくはエースだ！」それ……ではなく、彼の声がいつもよりうれしそうに耳で響いた。

「人称代名詞は彼！　これからよろしくね！　エースが今夜のきみをお手伝いするよ」

小さな声の熱心さにサーヤは目をぱちくりさせた。どうしてこの方法を思いつかなかったのだろう。戦略的にも正しい。低階層の生産性を維持するために、そのちょっとした願いをかなえてやる。虚構のほころびを繕いつづけるよりはるかに簡単。ほとんど手間なしだ。

サーヤは声を低めて真剣な調子になった。

「では……エース。いまわたしは大事な仕事をしてるの。だから絶対に邪魔されたくない」

エースも声をひそめて答えた。

「いいよ。エースはなにをすればいい？」

「最初はとても重要よ。静かにして」

「それは……話しかけるなってこと？」

おっと、これはまずい。急いで考えをめぐらせた。

「あなたじゃなくて、みんな」

エースの声が元気さをとりもどした。

「ああ、なんだ。それはだいじだね」

「重要な仕事よ、エース。そしてあなたにしかできない」

サーヤは真剣な調子で言った。真実でもある。言いくるめるときは一部でも真実をまじえたほうがいい。説得力が出る。

「この部屋へのアクセスをすべて遮断して。ひと晩じゅうね。ドアに警告を表示してもいい。内容は自分で考えて。危険をほのめかすとか」

『はいる者は死を覚悟せよ』

闇に文字が浮かんだ。いかにも危険そうな色調だ。

「これでどう？」とエース。

少々やりすぎかも。しかし低階層にも自由裁量をあたえるべきだ。

「いいわ。それを外に――」

『侵入者は八つ裂きにする』

二行目があらわれた。まあ、強めの表現のほうが弱いよりましか。

「そ……そうね。真剣さが伝わるわ」

『一族郎党も皆殺しにする』

困った。意欲はかうが、殺戮をほのめかすのはどうか。

「も……もういいわ。そのへんでやめにして」

「わかったよ！　ところで……サンディはどうする？」

低階層の知性体の言うこととはいえ、さすがに話の急転換についていけない。

「ええと……サンディがどうかしたの？」

「外の通路でずっと待ってるけど」

悪寒が背すじを駆け抜ける。あわててドアを見た。暗闇で悪夢に苦しむだけで不愉快なのに、そのドアの外にずっとだれかいたというのか。しかも圧倒的な高階層で、なにを考えているのかわからない相手が。

「いつから？」

「しばらくまえからだよ。明かりを消すのも彼女の提案」

　この数分間の出来事をあらためて考えた。あわてて起き上がる。

「ちょっと待って。どういうこと？　サンディと交信してるの？　それはともかく、ドアを絶対にあけないで。これは真剣に話しあうべき問題よ。なにかするまえにかならず承諾を――」

　ドアが勝手に開いた。通路の照明のなかに小さな影がしゃがんでいる。

「エース！」サーヤの声が裏返った。

「ごめん！　ぼくもなにがなんだか。サンディはとても説得力があるんだ」

「所有者はわたしよ！　こっちの命令を聞きなさい」

「わかってるけど――」

『**こんにちは**』

　サンディはシンプルな青い文字を表示した。多数の目が理解不能のパターンでまばたきする。ぱたぱたと歩いて室内にはいってきた。

ドアが閉まると、闇に浮かんで近づいてくる青いアイコンしか見えない。鉤爪が床をかりかりと掻く。それだけでも不気味なのに、さらにベッドの端を引っぱる感触。まさか上がってくるのか。サーヤはあわてて反対の隅に逃げた。第三階層がよりによっておなじベッドの上に。いったい……。

『これ、いただいていいかしら』

バー食品の包装にさわる音が聞こえた。

「エース、彼女に言って――」

『必要ありませんわ。唇を読めます』

「そう……」

サーヤは闇にむかって目をぱちくりした。多数の目は催眠術以外の能力もあるらしい。

「じゃあ……どうぞ」

ベッドのむこうからむしゃむしゃと音が響いてきた。食べているというより、むさぼり食っている。明るいところでは小さくて繊細そうだが、闇のなかで音だけを聞くと、ベッドのむこう端に猛獣がいて抵抗する獲物を包装ごと捕食しているかのようだ。この知性体はよほど空腹だったのか。

闇から小さなげっぷが聞こえ、静寂がもどった。黒一色のところにオレンジ色の明るいものがぽつぽつと浮かびはじめた。ネットワークユニットがサンディの眼球を一個ずつ描画しているのだ。すべてこちらにむいている。漆黒に浮かぶ数十個の光る球。それらがまばたきしたり目を細めたりしているのは、あまり気持ちいい眺めではない。

『その記憶庫をあけようとしていらっしゃるのね』

「ええ」

できるだけ軽く答えた。とくに直感を働かせなくてもわかるだろう。この部屋にめぼしい物体は記憶庫くらいしかない。第三階層の頭脳でなくても推測できる。サーヤは会話の主導権をとろうとして言った。

「そうよ。でも思ったより難しくて――」

『開け方ならわかりますわ』

サーヤは驚いてその文字を見つめた。

「なん……ですって？」

『知りたいのは答え？　それとも解説？』

どうしてこんな小さな生き物がこれほど多くの目を持つのか。闇のなかできらりと光る薄気味悪さをネットワークユニットは正確に描写する。暗闇でも催眠効果があるのか。自分の口が自分の意思で話しているのかわからなくなる。

「答えを知りたい」はっきりと言った。

『恐怖せず苦痛に立ちむかう』サンディは即答した。

サーヤには闇のなかに浮かぶ文字しか見えなくなった。ウィドウ類のシェンヤの口癖だ。千種類の状況で千回も母が言うのを聞いた。この言葉とともにお仕置きを受けた。この思想を教える説話や叙事詩を暗記させられた。いまサンディの言葉として読まされて、ふいに符合する記述を思い出した。

〝極端でありながらユニークな感情の組みあわせ〟

サーヤは慎重に言った。

「ウィドウ類の格言は……何千種類もあるわ。なぜあえてこれを？」

『自明ですから』

「そう」第三階層との会話はこういうものかと思いながら闇のなかの目を見た。「じゃあ、解説のほうを聞かせて」

『まず人類を調べました。次にウィドウ類を調べました。そして両者の相違点を考え、さらに共通点を考えました。すると相違点より共通点が多いとわかりました』

闇のなかで第三階層とおなじベッドの上にすわっているという状況はもちろんだが、他人の言葉に自分の考えを聞きとるのはさらに奇妙な気分だった。人類とウィドウ類から受け継いだ伝統を普段から考えていたサーヤもおなじ結論に達していた。関心をもってうながした。

「続けて」

『両種属の価値観をリスト化して比較し、相違点を抽出しました。さらに、みつかるかぎりの格言やおとぎ話や伝承を読みました』

「ずいぶん……手間をかけたのね」

『たいしたことはありませんわ。どちらの文明を築いたのも単純な精神です。中心的な価値観を抽出しておけば、大半は読み飛ばせます』

「そう」

ウォータータワーの舞台裏で働く洗濯ドローンの気持ちはこんなものか。

『そうやって出た答えは、あなたの名前です』

「わたしの名前？　サーヤが？」

『もう一方、〝娘〟です』

まただ。精神の辺縁を刺激する不快感、あるいはいらだち。認めがたいほど理詰めでサンディは迫る。

「説明して」

『ウィドウ類も人類も、称号はその人物の価値をしめします。価値はみずから証明すべきものです。たとえば、銀河においてウィドウ類と呼ばれる種属名はかならずしも正確でありません』

「そうね。わたしたち——いいえ、彼らの大半は未亡人《ウィドウ》ではない。そう呼ばれる資格があるのは雌だけだし……つがいになっている必要がある」

『そして、つがいを殺している必要がある。そうですね』

「それは……そういうものだから」

そこは考えがさだまっていなかった。しかしこうして母ではなくサンディから言われると……魔術的な感じが消えるのはたしかだ。

「そうよ。ほとんどの幼生は娘にはなれない。そのためには——」

『そもそも孵化直後の幼生は娘ではない。そうですね？』

『生き延びる必要がある』

「そう……」

『つまり娘の称号は戦って勝ちとるもの。得られなければ死ぬ』

闇の奥で光る球の集合を見ながら、獲物として狩られる感覚を味わった。サンディは苦もなくサーヤの弱点をあばく。本人より深く理解している。過去を見抜き、未来を察する。

夢を白日のもとにさらし、恥辱を暴露する。娘のサーヤは巧妙な嘘をつくが、サンディには通用しない。

「そのとおり……よ」サーヤは小声で言った。

サンディは黙った。数十個の目で見つめるのみ。

サーヤは慎重に築いた自分の虚像がひび割れるのを感じた。一語ずつ正確に、確認しながら話していく。

「わたしの名前は娘のサーヤ。一人の英雄に——いえ、実際には五人の英雄にちなんで名づけられた」小さく咳をし、苦笑いをする。「ウィドウ類の伝説の英雄はみんなサーヤという名前らしいわ。読んだのなら知ってるでしょう。そしてたしかに……称号を持っている。だから……そう考えたのもわかる」深く息を吸った。「でも……わたしは英雄じゃない。称号を勝ちとってもいない。生き残ったこともない。殺しあう姉妹でいっぱいの巣に産み落とされていない。戦ったことがないし、まして命を賭したことはない。勝ちとったものはなにもない」

嘘つきだ。弱虫だ。怖がりだ。そして、そして、そして……。ウィドウ類とは似ても似つかない。

「母は……」大きく息を吸う。「母はわたしを養女にしたときに娘と名づけただけ——」

『それでもウィドウ類といえると思いますか？』

サーヤはゆっくりと口を閉じた。いいや、いえない。母は頭から外肢の先までウィドウ類だった。それでも……。いや、やはりおかしい。母がそういうことを忘れるはずがない。やはり娘のサーヤはまがいものだ。これまでずっとそうだった。涙があふれる。暗闇がありがたい。わたしは娘のサーヤだと頭のなかでくりかえした。

しかしそこにどんな意味があるのか。

まばたきする光はいつのまにか眼前数センチに迫っていた。それでもサーヤはしりごみしない。逃げない。目が呼びかける。

あなたはここにいていい。ベッドは暖かい。動くのは労力の無駄。ここで充分に快適。そうだ。この目は快適なものを知っている。はげましてくれる。自分の価値を教えてくれる。サンディは信用できる。ここは安全。心を開いていい。彼女が知りたいことを調べさせていい。

あなたの過去に……試験を受けたような記憶はある？　試練のような。ただ一人の娘になれるか、死か、そんな分かれめのような。

サンディから問われた。いや、そうだろうか。ネットワークユニットを介してメッセージを読んでいるのか、自分が考えているのかわからなくなってきた。

暗い部屋で数十個の目をのぞきこんでどれくらい時間がたっただろう。目はぶれて移動し、集まり、重なる。やがて視線はやわらぎ、離れていった。ベッドのむこうの小さな毛玉にもどる。記憶の断片がただよい、意識を横切る。長らく思い出さなかった――あるいは一度も思い出さなかったものが見える。闇を見て、光を見る。恐怖とよろこびを経験する。そのあいだずっとまわりに目がある。

意識を失っていたのか、時間感覚が混乱したのか、突然部屋のドアが開く。まばゆい光が床と壁に細くさしこむ。扉口に立つ小さな毛玉が金色に輝く。

『**おやすみなさい**』サンディが肩ごしに言った。

その表示を読んだとたん、そのとおりになった。

13

少女は闇のなかで震えていた。普段は明かりが消えると眠るが、いまはいつも暗いので、眠くてたまらないときだけ眠る。喉が渇きすぎて唾も出ない。空腹の苦しささえ感じない。

わたしを母と呼びたい？

知らなかった。まったく知らなかった。こんな闇と苦しみと渇きが待っていると知っていたらべつの答えを言っただろう。いやだと言ったはずだ。いやだ、女神さま、絶対にいや。

しかしそう言わなかった。はいと言ってしまった。

人形を抱きよせて布の表面に顔をうずめた。いつも突然やってくる怪物とおなじにおいがする。母と呼ぶべきらしい怪物とおなじにおい。それでもこれしかない。顔にあたる人形の脚をかぞえる。一本、二本、三本、四本、五本、六本、七本、八本。今度は早口でかぞえる。いちにさんしごろくしちはち……。もう一度ゆっくり。今度は詩の〈サーヤの歌〉にあわせて。どのサーヤも耐えしのいだ。破壊者のサーヤもそうだ。みんな勝った。おかげで生き延びた。

それでもこの渇きのほうがきつい。

昔やった遊びがある。こんな生活ではなかったころだ。明るく、ぱちぱちと音をたて、暖かく美しいものがあった。なにかが燃えているところに立って光を見ていた。冷たい夜が背後にあった。振り返るのをどれだけがまんできるかという遊びだった。だんだん難しくなる。考えまいとするほど、ある事実が強く確信される。

この闇のなかにだれかがいる。

起きようとして倒れそうになった。人形を強くつかんで、めまいをこらえる。母は見えない。見えなくてもいる。においでわかる。その口がかりかりと小さな音をたてる。少女は膝を寄せて顎をのせる。人形を胸にあてて脚を腕で抱きかかえる。こうしても安全ではないが、安心する。

「わたしを母と呼びたい？」闇のなかから問われた。

いやだと少女の全身が叫んだ。口では、はいと答えた。知らなかったのだ。物語と現実のちがいを。いまはなにもかも暗く、なにもかも痛い。

「はい」

少女は小声で答えた。言葉が渇いた喉をすりおろすように出ていく。低く漏らす息が部屋じゅうに聞こえた。もう母の居場所を推測しなくていい。関節のある硬い腕がふいに体に巻きついてきた。こんなときは動かないほうがいい。鋭い口に髪を引っぱられて痛くても、悲鳴は漏らさない。闇のなかから声がささやく。

「八日目に彼女は出てきて、月の光を浴びました」

少女はひび割れた唇でその言葉をなぞる。そのお話は知っている。賢者のシェンヤは八日目に出てきた。狂気のスーキューも八日目に出てきた。みんなそうなのに、破壊者のサーヤは八日目になってもまだで、さらに八日かかる。一、二、三、四、五……。

「わたしはおまえの故郷」声が唱える。「おまえの試験場。命を狙うおまえの姉妹。貪欲な飢えで、殺戮の渇き。苦痛の化身。命を贈られたおまえに問う。おまえは贈り物にふさわしいか？」

「いいえ」少女はささやく。

「意識をさずけられたおまえに問う。それにむくいられるか？」

少女は声を出せないが、唇は動かせる。唇だけで答える。

いいえ。

「分不相応な贈り物を持つおまえに問う。それらをあがないたいか？」

　少女は疲れきっている。とてつもなく疲れて頭が働かない。強い希望と強い恐怖がぶつかる。母らしきものにつつまれ、その母は闇につつまれている。あるいは母は闇でできているのか。母は闇なのか。わからない。自分の気持ちもわからない。叫びたい。殺したい。闇にもぐりたい。だれにもみつからないところに逃げて隠れたい。この怪物を炎と光で焼きたい。でもやらない。かわりに初めてのことをする。おそるおそる指を闇に伸ばし、顔を探る。あった。思ったより近い。母は拒否せず、硬い表面と鋭い先端をさわらせる。少女の顔とはまったくちがう。

「はい」少女は顔に言う。

「ならばこの傷はおまえの貴重な財産となろう」

　闇は言う。

　そして光。

　いったい何日ぶりの光か。まばゆさに目を細めながら貪欲に光を求める。闇のなかにあったものが見えるようになる。見えない恐怖から悪夢に変わる。あらゆる直線が白く輝き、あらゆる角度でねじれた影を壁に映す。渦巻く光と影の中心に少女はとらえられる。

「これがなんだかわかるかい？」悪夢が訊く。

　闇のなかに長くいたせいで光から目を離せない。息を吸おうとする。いいえと言おうとする。どちらもできない。ただ痛い。

「これは過去」闇が言う。「そしておまえの未来。おまえのでなくとも、仲間の未来がここにある。おまえの惑星にいたときの記憶を切り出して、ここにしまった。惑星の位置はこのデバイスのなかだけに記録されている。何千という種属が大金を払ってでもこの情報をほしがる」

話はもっと長い。かちかち鳴る音で話す乱暴な言葉なので、少女にはうまく聞きとれない。震える口器の数センチ隣まで耳を近づけても難しい。その音は……自分がたてているように聞こえる。

長い話のあとに闇は言う。

「試験の最後の夜だ。今夜おまえの運命は決する。生きるか死ぬか。わたしの娘になるなら、わたしは母性の化身になろう。おまえが愛するものを愛し、おまえが憎むものを殺そう。命を賭しておまえを守り、そのときが来たら笑って斃《たお》れよう。わたしの命はわたしのものだ。これをあがなった。だから好きなように使う。そしてわたしのものはおまえのものだ、わが子よ。おまえのものはわたしのものでもある。おまえの仲間はわたしの仲間となり、わたしの仲間はおまえの仲間となる。わたしは先祖から受け継いだ復讐の権利を放棄する。おまえとおまえの仲間の将来は、わたしの外肢ではなくおまえの外肢にかかっている。おまえの命があるかぎり」

　ささやく声が波打つように低く流れる。

　少女はこれらの言葉を気にしない。言葉は勝手に続く。気にするのは苦痛と渇き。そして目のまえにあるのが世界で唯一の光であるという事実。いくつもの伝説が頭のなかで渦巻く。鈍った頭のなかでもつれ、悪魔の言葉になり、まざって一つの物語になる。なにかを贈られ、なにかをあがない、なにかを授け、なにかを勝ちとる物語。それ以上の意味はどうでもいい。いまわかるのは自分がやるべき一つだけのこと。

　生きることだ。

「用意はいいか？」闇が問う。

　少女は光を見つめてささやく。

「はい」

「恐怖せず……」闇の声が震え、ささやく。「恐怖せず苦痛に立ちむかえるか？」

　少女はようやく光から顔を上げ、複眼にむかいあう。闇の声が震えるのを初めて聞いたからだ。目の焦点をあわせづらいが、やがて闇の奥から輝く顔が浮かぶ。荒れた唇を荒れた舌で湿らせ、震える息を吸って少女は言う。

「はい」

体に巻きついた硬い腕がぴくりと震える。

「唱えなさい」

ウィドウ類のシェンヤに言われ、少女は唱える。

「わたしは娘のサーヤ。恐怖せず苦痛に立ちむかう」

14

娘のサーヤは真っ暗な船室の床にすわっていた。心を落ち着けて安座する。

この部屋で悲鳴をあげて汗まみれで目覚めた。エースから心配そうな言葉をかけられた。歩きまわって夢を追体験し、泣きじゃくった。あの夢はただの夢ではなかった。たしかだ。いま着ている汚れた汎用スーツのようにリアルだった。

あれは母だ。サーヤ自身の精神がその記憶を隠していた。記憶庫のように固く蓋をしていた。それでも最初からそこにあった。

どう考えればいいのか。感情のやり場がない。しかし関係ない。闇のなかにあっても明るく輝く一つの考えがある。

「わたしは娘のサーヤだ」

声に出した。これだけはだれも奪えない。

ネットワークユニットによれば、リプタイド号の昼周期まで一時間以上ある。好都合だ。

いまは暗闇が必要だ。安座したサーヤのまえの床にオレンジ色のホログラフィが半球形に投影されている。これが室内唯一の光源。部屋の中央なのでネットワークユニットは壁への反映を描画しなくていい。本物の照明をつけて夢をもっと正確に再現しようかと考えたが、やめた。いまは光ではなく闇の時間だろう。すくなくとも自分を害するものは闇のなかにいない。

危険なのは闇ではない。母だ。

そこから混乱した考えも湧いてくるが、ひとまずおいておこう。いまは内省ではなく行動のとき。肌に残る傷を炎の線のように感じる。母はこれを貴重な財産と呼んだ。そうだとしても、いま手にいれたいのはべつのものだ。なぜなら娘のサーヤだから。恐怖せず苦痛に立ちむかえるから。

深呼吸して、床の記憶庫を拾い上げた。状態変化を検知して光が白く変わる。

「こんにちは、新規ユーザーさん。身許を認証してください」

デバイスを額にあてる。ホログラフィの球がサーヤの頭をつつむ。明滅しながら計測し、青に変わった。百回も聞いたメッセージ。

「認証が完了しました。こんにちは、娘のサーヤ。ご希望の作業はなんですか？」

ここで答えるのも百回目くらい。ただし今回はやるべきことがわかっている。静かに言う。

「デバイス、あなたをロック解除したい」

「わかりました。格納した記憶をどこに転送しますか？　この質問に答えるまえに、ユーザーズマニュアルを参照してください」

ユーザーズマニュアルなら暗記するほど読んだ。無味乾燥な文章だが執念で耐えた。とりわけ**『第百五章　先進機能』**。その九割は長ったらしい法律文書で、要約すると、列記される不注意な行為をユーザーがおこなった場合の製造者責任はすべて免除されると書かれている。サーヤがやろうとしていることについての説明は残りの一割だった。

「転送先はわたし。この頭に……記憶をいれて」

「確認します。種属間記憶転送をご希望ですか？」

サーヤは深く息をした。

「そうよ」

「義務的警告事項第六百項。法律の定めによって本デバイスは以下を通知します。種属内記憶転送でもエラーの発生確率は相当程度にあります。種属間転送ではこれが大幅に増大します。エラーの結果として恒久的な人格変異、錯乱、新しい記憶形成の一時的困難などが――」

「了解」サーヤは言った。

頭の奥では小さな声がささやく。待て、本当にいいのか。考えなおしたほうがよくはないか。ロシュに協力を頼むべきだ。イレブンでもいい。そもそも夢かもしれない。あるいは――と、頭の一部が必死にささやく――中身は無意味な記憶かもしれない。たんなる旅行の思い出かもしれない。そのために精神障害の危険を冒すのか……。

しかし声を無視した。そうよ、危険を冒す。なぜならウィドウ類の母があえて暗号化した記憶庫に隠したものだから。娘の血でロックしたものだから。

デバイスは説明を続けた。

「またご希望の記憶は最高度のセキュリティモードでこのデバイスに格納されています。転送の成否にかかわらず、この処理のあとに内容は消去されます」

つまり一発勝負。失敗すれば脳に障害を負う。ばかげている。

「次の質問への答えは記録し、証拠保全されます。この操作にともなうあらゆる事故についてエイヴテック社を免責しますか？　同意は完全な文で述べてください」

「あらゆる――」言いよどんだ。旋回する文字が薄れて配置が変化する。デバイスは文が最後まで述べられるのを待っている。「――あらゆる事故についてエイヴテック社を免責する」

「ネットワーク要件にしたがって同意を正しく記録し、証拠保全しました」ホロ投影される球面の文字が新しい配置になった。「あなたの精神へのアクセスを許可してください。同意は――」

「はい」

「同意は完全な文で――」

「わたしの精神へのアクセスを許可する」

「ロック手順でもちいた初期の思考状態を再現してください」

いよいよだ。膝においた二つの物体に指先をあてた。一方は医療デバイス。種属を問わず救急処置をしてくれる一種の法定外知性体だ。もう一方は……冷たくて、持ち上げると意外に重い。サーヤがロシュの部屋のドアを叩いて、なにか〝とても痛いもの〟を貸してくれと頼んだ結果がこれだ。指の一本をあっさりはずして渡されたのも、さして意外ではなかった。

先端が工業用のグラインダーになっている。すごく痛いらしいよと、本人は楽しそうに言った。

サーヤは礼を言い、オペレーターを務めるという熱心な申し出を断って部屋にもどった。使い方に慣れるために何度か練習した。とはいえ肝心のところはやっていない。本番は一発勝負だ。

　手順を確認する。脚は組んでいるか。よし。医療デバイスはあるか。よし。手が届く位置にあるか。よし。記憶庫を額にあて、肘はかかえた膝にのせているか。よし、よし。製造者ロゴが肌にあたって痛い、位置をずらしたいという気持ちをこらえた。そんな小さな不快感はもうすぐどうでもよくなる。室内は暗くて見えない。船外の宇宙にいるのと変わりない。旋回する文字がかろうじて裏側から見えるだけ。視野を横切るホロ映像をなるべく注視した。反対の手にロシュの指を持ちながら、なるべく意識しない。指は、シミュレーションでない本物の光を出している。ネットワークユニットが自動的に表示するオレンジ色の警告色とまじりあう。さらにそこに〝痛いといいね〟というオレンジ色のメッセージが昆虫の群れのようにむらがる。

　ふざけてるわね、ロシュ。

　準備完了。

　まだ感じないはずの苦痛を遠雷のように感じる。横隔膜が震えて息苦しくなる。さあ、やろう。腕のあらゆる神経が振動を感じて震える。ロシュの指だけがふれて皮膚の一角が沈む。濡れた四角い先端に押されてわずかに沈む。息が速くなり、血の滴が盛り上がって腕をつたう。全身がぷつぷつと汗をかく。

「ロック手順でもちいた思考状態を再現してください」

恐怖せず苦痛に立ちむかえるか？

ふいに決意が揺らいだ。いまその苦痛のなかだ。恐怖していない……だろうか。頭の奥底で怒りが燃えはじめた。怒りは言う。恐怖せず苦痛に立ちむかうと母は言った。千回もくりかえした。嘘はつかないと言った。なのに肝心なときに――

頭のなかでべつの声がした。驚いたことに母の声。ウィドウ類のシェンヤが言う。おまえならこれくらい痛くもかゆくもないはずね。勇敢だわ。誇りに思う！　すこし血が流れたくらいでおまえは恐れたりしないはず！

いや、これは母ではない。母はこんなことを言わない。これは自分だ。疑念と恐怖が自分をあざけっている。

恥ずかしい自分が言う。あなたはかわいい子ね。勘ちがいしていたわ――

言うな。

あなたは――

言うな！

――娘ではない。

声よりも、言語よりも深いところから、サーヤの怒りが悲鳴とともに噴出した。また子どもにもどる。母の顔が間近にある。黒い表面が輝き、白い光の輪郭線が浮かぶ。キチン質の檻にとらわれている。滑動する関節でつながった腕に巻きつかれ、つぶされかけている。そのサーヤは怒っている。ふたたび感じるより先に聞こえる。皮膚がこげて微粒子になって室内の空気に拡散する。それでも離さない。さらに押しつける。四角い面が腕に深く沈んでいく。肉のこげるにおいがする。喉から突き上げる悲鳴を、歯を食いしばってこらえる。待ちかまえるのは嘲笑。しかしサーヤのなかで火と燃える怒りにはかなわない。疑念と恐怖は焼却炉に――いや超新星に捨てる。

　怒りが言う。わたしは娘のサーヤ。あたえられた命ではなく、この手でつかんだ命を持つ。死の顎《あぎと》から奪った。この命はわたしのもの。

　そう考えながら、ロシュの指を腕に深々と押しつける。筋肉が裂け、神経がガスと火花になって散る。凄惨な傷口からのぞく白い骨に目が釘付けになる。記憶庫をしっかり持っているのか、指が感覚を失っているのかわからない。それでも苦痛でなにかを証明できるなら、時の終わりまで憶えていよう。

　わたしは娘のサーヤ。恐怖せず苦痛に立ちむかう。

　記憶庫の光の球が頭のまわりで派手な金色に輝いた。

「おめでとうございます！　あなたのキーは認証されました。記憶の転送を開始します」

（以下はオリジナルのネットワーク記事をみなさんの階層にあわせて大幅に要約したものです）

ネットワークの焦点　十億星系記念日！

ネットワークの加入星系数が十億に達したのは百万年前よりやや最近のことです。そのさいは百五十万近い全市民種属が参加して、銀河の端から端まで広がる祝典が開かれました。ネットワーク化した十億の星系は、この文明の渦巻きにおいてさしわたし百億キロメートルを超える範囲にあります。これらの星系がつくるネットワーク化空間は八立方光年にもなります。

　なんと大規模な祝典でしょうか！

　八立方光年というのは想像しにくい規模です[*1]。比較するならすでに挙げたものがいいでしょう。八立方光年には十億の星系がおさまります。みなさんの限定的な頭脳では直感に反するでしょうが、これほど巨大な空間もじつは銀河全体のごく小さな部分にすぎません。本当に驚かされるのは、八立方光年のネットワーク化された空間に対して、非ネットワーク化空間が一兆立方光年にもなることです。この一個の銀河においてそうなのです。

そう考えるとさほど大規模に思えなくなるでしょう。

光速を考慮してください

この桁ちがいの大きさをみなさんの限定的な頭脳で理解していただくために、べつの方向から説明しましょう。それが光速です。

ネットワークのある恒星から出た光はきわめて高速で、秒速三十万キロメートル近くに達します。[*2] しかしこの速度でも、平均的なF型岩石惑星の軌道に到達するまで八分以上かかります。星系のネットワーク通達範囲の末端まではさらに四時間かかります。その先は恒星間空間を渡ります。ネットワーク化された十億の星系のうち近傍の一つに到達するまで数十年です。[*3] その近傍の星系が銀河の辺縁付近にあった場合、光が銀河の中心に到達するまで五万年。反対側の端に届くまでさらに五万年。それどころか、同等のサイズの隣の銀河に届くには二千万年。観測可能な宇宙の果てまでは五百億年近くかかります。

惑星まで四分。宇宙の果てまで五百億年。そう考えると小さく感じませんか？

あらゆる種属にネットワーク市民権が重要なのは、この現実のスケールがあるからです。ネットワーク内での個別の種属への脅威は小さく、理解可能で、回避が容易です。八立方光年のネットワーク空間内のことはよくわかっています。しかしその外の広大な暗黒の宇宙はどうでしょうか。

答えはあきらか。まったくの未知です。

＊1　第四階層未満にとって。

＊2　わかりにくいかもしれませんが、これはネットワーク空間における法定最高速度よりはるかに高い速度です。

＊3　もちろん、ネットワーク経由で光が飛べばほぼ一瞬で到達できます。

15

『エイヴテック記憶復旧プロセス』

『ステージ0』

『エイヴテック記憶庫の記憶復旧プロセスへようこそ！　わたしは法定外知性体の〈名称未設定〉で、過去へのご案内役をつとめます。あなたの反応を観察して転送プロセスをパーソナライズし、最良の体験にします。感情的トラウマを最小限にするのが目標です』

『最初はランダムな記憶からはいり、反応を見ながらベースラインを作成して、残りの記憶に適用していきます』

『記憶転送を開始……』

　ウィドウ類のシェンヤは森の下生えにすわっている。暖かい薄明かりの半日陰。まわりには大型の植物がそびえている。インプラントの表示によれば〝木〟だ。赤と金色の〝葉〟が次々と落ちて乾いた音をたてる。おびただしい色。それは……意外に美しい。

　シェンヤは内部にむかって言う。

『わかる、ショキュー？　こんな瞬間の積み重ねが幸福なのだと母が言っていた』

『あなたが母の話をするのを初めて聞きました』

　才腕のショキューはネットワークインプラントに住む矮小な知性体だ。数年前に自分の名前を選んだ。ウィドウ類のシェンヤはその選択をおもしろいと思う。もちろんただの遊びだ。法定外であるネットワークインプラントは本来、称号を持てない。しかし弱い知性体のすることはときどき大目に見てやらなくてはいけない。

『母と娘の複雑な絆がおまえに理解できるとはね』

　鋭い縁がある母の顔を思い出しながら、よけいな分析をするインプラントを黙らせる。しかし矮小な知性体は黙らない。

『最近よく昔を思い出すようです。年のせいか、それとも孤独なのか』

　インプラントの不躾な質問はいつも無視しているので、今回もそうする。まだ老いていない。百歳をすぎたばかりだ。孤独ではない。気楽で自由気まま。制約の多い文明から何光年も離れ、好きな仕事をやっている。それで報酬をもらえる！　ウィドウ類にこれ以上の暮らしがあるか。

　ふいに下から、喉を鳴らした鈍い声が聞こえた。

「おい、もう終わりか？」

　才腕のショキューがシェンヤに言った。

『こりゃ驚いた。知性を持っています。標準語を話している。報告書に書かなくては』

　なにを愚かな。知性くらいあるに決まっている。だからこそシェンヤは、木の梢から飛ぶ稲妻のようにこの惑星を訪れたのだ。ネットワーク標準語くらい話して当然。話せない知性体など見たことがない。ネットワーク化空間の境界から数光年出たここでも標準語話者はいる。知性体がいれば当然だ。

　むしろこの生き物の奇妙さは知性や言語のほかにある。たとえば外肢が四本しかない。上肢二本、下肢二本だ。そしてウィドウ類から見ると不気味なことに、体が内も外も柔らかい。気味の悪い青白い肌の下に内骨格を持つ。あらためて見ると小さく無防備。立っても身長一メートルほどしかない。きらりと光る金色の目でこちらを見る。頭頂からは不潔な毛がもじゃもじゃとはえていて……。

『記憶転送を中断』

『予想外の記憶の衝突が起きました。パラメータを調整中です……』

「やあ、てめえはそこにいたのか」

二カ月前のオブザーバー類が言った。

「会ったことがあるぜ、娘のサーヤ。ずいぶんひさしぶりだけどな」

『パラメータ調整に成功。良好な転送結果を得るために、転送中は既存の記憶を再生しないでください』

『転送再開』

小柄な生き物はまばたきしない金色の瞳でシェンヤを見つめている。体の数カ所から赤い液体を漏らしている。かなりの量だ。はっきりいって死にかけている。どこの種属だろう。ネットワーク接続があればアクセスできるはずの簡単な情報が手にはいらないことに、六十四回目くらいのいらだちを覚える。これが長期遠征の最大の難点。だれとも、なにとも接触できない。もちろん孤独ではない。インプラントの評価はあたっていない。しいていえば隔絶だ。孤独というと弱さを暗示する。ウィドウ類のシェンヤは……ウィドウ類のシェンヤだ。

『これはなんだと思う？』

小さく柔らかな生き物を外肢の腹でつつきながら、シェンヤはインプラントに訊く。たぶん船のライブラリアン類も知らないだろう。好都合だ。長期間飢餓状態のライブラリアン類にはウィドウ類のシェンヤでも危険を感じる。

『殺すまえに尋ねるべきでしたね』才腕のショキューが言う。

「てめえらの存在はしばらくまえからわかってたんだよ。トンネルから出てくるのを見てたからな」

生き物が下から言う。金色の瞳がまばたきする。刺されて異星の土に血を流しているにしては上機嫌だ。

シェンヤは静かに訊く。

「この場所を知っている者はどれくらいいるの？」

「銀河を上を下への大騒ぎにするのはまだやめようぜ」小柄な生き物は軽口を叩く。「それでもその答えはおおよそたしかだ。いまのところは俺だけ――」

あとの言葉は続かない。とどめを刺したシェンヤは、鋭い外肢の先を下生えの葉でぬぐう。この発見はいまのところ自分だけのもの。あとはライブラリアン類に食べさせてしまえばいい。閉じこめ室をあけるたびに命の心配をせずにすむ。一本の剣に頼る二人の好敵手という格言を毎回やるのはごめんだ。

『殺しても孤独は癒やされないでしょう』インプラントが言う。

『癒やされたくて殺したわけじゃない』

シェンヤは言い返して、胸部で死体をかつぐ。美しい外骨格に柔らかな皮膚が張りつくのを感じて不快の吐息を漏らす。脂肪やその他の得体のしれない粘液で汚れる。

『研究と……利益のために殺したのよ』

『快楽のためではないのですね』

『その気になればなんでも楽しめる。でも今回はあれの餌になる』

『ライブラリアン類に給餌すると孤独がやわらぎますか？』

シェンヤは噴気を吐き、乱暴な返事を考えながら、船にむきなおる。頭のなかでつねに聞こえるこの声にもはや慣れてしまっているが、そうでなければとうの昔に才腕のショキューを工場出荷状態にもどしているだろう。

すると、息絶えたはずの声がまた聞こえる。

「ひでえな！　俺の一人を殺しちまったのかよ」

『聞こえましたか？　殺したのは高階層者のようですね』

才腕のショキューが即座に、やや恐怖をただよわせて言う。

めずらしいことだが、いまはインプラントの懸念が全面的に正しい。シェンヤは姿勢を低くし、四本の外肢で立つ。付近でいちばん大きな木を背にして、残りの外肢を鋭くかまえる。木は幹まわりがゆうに一メートルあり、粗い茶色で、充分に太い。背後から大口径の物理弾で狙われても止められる。シェンヤは超音波の探索音を打ち、反響で周囲を探る。

「こっちだぜ」声が言う。「俺を殺すのをしばらくやめてくれたら、話を……やべ！」

音源を確認するや、空中に跳び、二人目の話者を沈黙させる。一人目とおなじく瞬時に始末。死体の上にしゃがむ。つらぬいた外肢は下の地面に八センチ刺さっている。その姿勢のまま探索音を打つ。しかし木が多すぎる。枯葉を踏む音。低い話し声。どちらも小さすぎて詳細不明。方向をとらえきれない。というより、しばらく聞いているとあらゆる方角から聞こえるようだ。

ショキューが言う。

『追いこまれましたね。まさに死地。無意味な死、おそらく苦痛にまみれた死を遂げるでしょう。苦痛はあなたは平気でしょうが』

「愛想が悪いぜ」そばの木陰からささやく声がする。

シェンヤは振りむく。しかし下生えしか見えない。

「殺しかたも汚い」今度は背後から。

ウィドウ類の反射神経で振り返るも、やはり姿はない。

「腹がへってるんだろう」真上から。

さっと顔を上げる。全周に近い視野にもなにも映らない。赤外線でも目立つものはない。気温は低いのに周囲のものはほとんどおなじ温度。

「でも俺を食おうとは思わないみたいだ」

シェンヤは身震いをこらえる。こんな生き物をだれが食うか！　悪食のライブラリアン類くらいだ。

「おおーい」背後のどこかから聞こえる。

シェンヤは首をゆっくりと半回転させる。やはりなにも見えない。姿のないことに腹が立ってくる。

「こっちが出ていったら、もう殺さないって約束するか？」前方やや左から。

「ボタンの掛けちがいってやつさ」上から。

「あるいは外肢か。どっちでもいい」

「てめえに危険はないから安心しな」

この弱小生物が危険だという考えは、さっきまでは笑い飛ばせたが……。もはやかぞえきれない方角から問う声が飛んでくる。流血死体から外肢を引き抜き、ゆっくり立ち上がる。先端の切れ味はなまっていないと確認して満足する。この生き物の骨は不快な肉と同程度に柔らかい。

「言えよ。声に出せ。〝もう殺さないと約束する〟と」

ショキューが助言する。

『言ってください。こんなところで死ぬのは無駄です。べつにウィドウ類の名誉がかかっているわけでもない』

シェンヤはもう一度探索音を打つ。やはり手がかりなし。

「いいわ」標準語で言う。発声そのものが慣れなくて不快だ。それでもネットワーク化宇宙から何光年も出ればしかたない場面もある。「おまえを殺さないことを誓う……今日のところは」

誓いに条件をつけるのは適切だろう。

四方八方からいっせいにため息が聞こえる。

「了解した」

小さな人影が一つ、一本の木の背後から出てくる。金色の瞳でまばたき。表情筋が顔の造作をべつの配置に変える。それでも凶暴な表情に変わりはない。口調だけは気楽そうだ。

「さて、なんの話をしてたっけな」

　正面にあらわれた相手の口が動いていないことに、しばらくして気づく。金色の瞳で見つめるだけ。声は当然のように背後から聞こえている。振り返ろうとして、はたと気づき、かまえかけた外肢を下ろす。敵意などないふりをする。背後にもおなじ姿のが一人。殺した二人をふくめれば四人だ。

『奇々怪々ですね』ショキューはむしろ元気づいている。

『請われるまで意見は無用よ』

　内部で叱責し、外部にむけては落ち着いて話す。

「この発見に……権利を主張するのね」

　適切な標準語の単語をみつけるのにじれったいほど時間がかかる。発声して話すのはひさしぶりだ。

「もちろんさ」木の上から声が答えた。

「おめでとう！　この秘密を見つけたのはてめえが銀河で二番目だ」またべつの声。

『秘密だそうです。期待できますね。利益のにおいがする』ショキューが言う。

「てめえは個人なんだろう？」

そばの木の陰からまた小さな姿が出てくる。上肢を背で組み、身を乗り出して金色の瞳でのぞきこむ。

『あなたが高階層者かどうか知りたいようです。あるいは集合精神か、その両方か』

『言われなくてもわかる』

外にむけては会社で定評のある落ち着いた態度をとり、よどみなく言う。

「もちろん個人よ」

「個人に決まってるな！」おなじ声のコーラスがあがる。

「悪気はないんだぜ」木の上から一人の声。

「最近は見ただけじゃわからなくてな」

「いろんな種属がうろつくご時世だ」またべつのが腕を広げて木々の葉でたとえる。「どいつが個人でどいつがちがうのか、わかりにくくて困るぜ」

奇妙な音がまわりじゅうから聞こえる。すべての体でいっせいに不快感を表明する。

『うまくやりましたね。相手の全体像がわかった』とショキュー。

シェンヤはゆっくりと体をまわして視界にはいる全員を見ようとする。

「そうよ。とても……残念なこと」

いちばん近い個体が声をあげる。

「とにかく、俺の名前も教えてやろう。原始的な口で発音しやすくすると、オブザーバー類だ」

「こんにちは、オブザーバー類。わたしは――」言いよどむ。シェンヤともウィドウ類とも名のりたくない。「わたしの名は――」

インプラントがいくつか提案する。

『ダークネス類はいかがでしょう。優秀な集合精神が使う名前です。ちょうど登録名称のコピーを保存していました。ほかには……サイレンス類も使用可能です。スケアリネス類は残念ながら使用ずみです』

「――ハンター類よ」

ウィドウ類のシェンヤは言う。インプラントの助言にはなるべくしたがわないし、認めない。狩人はいい名前で自分らしい。それが本物だと想像してみる。十億の体を持ち、十億の思考を共有し、それを煮つめるとハンター類になる。その役を演じることにする。

「ハンター類か」オブザーバー類は考える。何人かは不気味な顔の下側を指先で叩いている。「ハンター類ね。興味深い。いままで聞いたことがないのが不思議だな」

シェンヤは外肢を返して、ウィドウ類のやり方で肩をすくめる。

「銀河は広いわ」

「隣の宙域のプリデイシャスアレー類とは関係あるのか？」

『登録情報を検索中……』ショキューが言う。『興味深いですね。惑星全体をおおう植物の名です。知性を持つという説もあります』

シェンヤは声に出して答える。

「関係はない。たまに……遭遇するだけ」

「へえ、そうかい。じゃあ、オブザーバー類からよろしくって伝えといてくれよ」

「いいわよ」

「さてと。本題にはいろうじゃねえか、てめえの……発見について」

「ええ」

シェンヤは静かに、しかし隠さずに全身の外肢を伸縮させる。

『全員を殺せると考えているのなら、うまくいきませんよ』

『助言ありがとう。それくらいわかってるわ』

『戦術的な問題です。全員が姿を見せることはたぶんないでしょう』

『ありがとう』

悔しいが、インプラントの助言どおりだ。外肢の力を抜く。オブザーバー類の個体を無作為に選んで話しかける。

「雇用主からあなたへ発見の報奨金を支払わせるのはどうかしら。そう……一パーセントを」

　べつの個体がまばたきする。

「へえ。そりゃどうも……ご親切に」

　シェンヤは温厚な声で続ける。

「めずらしい発見だと雇用主も認めるわ。適切な外肢にゆだねれば利益をうむ。一パーセントの取り分は想像以上の金額になるはずよ」

　まわりじゅうでオブザーバー類の個体が困ったように姿勢を変える。一人が頭からはえた白い毛をかきながら言う。

「念のために聞くが、てめえはこの発見物が具体的に……なんだかわかってんのか？」

　ショキューが内部で助言する。

『絶滅した種属の失われたコロニーと答えておきましょう。たぶんそのはずです』

　シェンヤは強く反論する。

『そんなことはありえない。委任状では、わたしたちが探しているのは調査船なのよ』

『でもこれはそうではありません』

『コロニーとか絶滅した種属とか、どこからそんな話が出てくるの』

『しかしあきらかに居住施設《ハビタット》です。ネットワーク化宇宙のはるか外です。さらに相手はこの発見に興奮しているようです』

『いいわ。コロニーではある。失われたコロニーと認めてもいい。でもあとの仮説はどこから出てくるの？』

『集合精神が興奮するものがほかにありますか？　彼らの関心事はいつもどの種属が成熟し、どの種属が絶滅するかです。ウィドウ類がいつも死亡記事を探すように』

『失礼な――』

「よう、返事が遅えな」

オブザーバー類に割りこまれて内部の議論は中断する。

シェンヤは話者を見ながら、外肢をせわしなく動かす。やはり殺すべきかという考えがよぎる。

「いやいや、わかったよ！」べつの話者が言う。「俺もたまにそうなる。構成する個体の数が少ないときはな」

「いまがまさにそうだ！」今度は背後から。「ここにはせいぜい二百個体くらいしか連れてこなかった。悪かったな。普通の知性体がどんなものか、忘れかけてたぜ」

シェンヤは言い返す。

「判断が……鈍いわけではないわ。ただ……考えていたのよ。もちろんこれがなにかわかってる。これは――」そこでため息をつく。議論しても結論は出ない。「――絶滅した種属の失われたコロニーよ」

沈黙が流れる。何対もの金色の瞳が注目し、シェンヤを値踏みする。そして――

「正解だ！」とオブザーバー類の一人。

「でも種属名まではわからねえだろう。さあ、あててみろよ」べつのが言う。

ショキューが内部で言う。

『手がかりはありません。フリーホイーラー類、またはシルバーティース類と言っておけばいいでしょう。このあたりで絶滅した種属はほかにもいくつかありますが、興味の対象になっているのはそれくらいです』

しかし幸運は何度も続くものではない。

「わからない」シェンヤは認める。

一人のオブザーバー類が両腕を大きく広げる。

「てめえがいま立ってるこの場所な。ここは既知の宇宙で唯一の、人類の居住地だよ」

シェンヤはそれを言った話者を凝視する。口器はこわばって音もたてない。頭のなかで優先順位が音をたてていれかわる。

ショキューも認める。

『それはさすがに予想外でした。注意しておきますが、いま、きわめて威圧的なポーズをとっていますよ』

シェンヤは気づいているが、どうしようもない。外肢はいっぱいに伸ばして震えている。口器はめまぐるしく動く。熱く震える巨大な怒りが胸部にこみあげる。真のウィドウ類の怒り。

人類め！

しかしオブザーバー類はウィドウ類のボディランゲージを読み取れないらしい。くるりと背をむける。

「ついてきな。見せてやるよ」

シェンヤは脳裏をかけめぐる妄想を払って動けるようになるまでしばらくかかる。

「案内を頼むわ」

小声で言う。そうだ、案内しろ、奇妙な生き物。ウィドウ類のシェンヤはついていく。銀河の果てまでも行こう。行き着く先に生きた人類がいるなら。

16

『エイヴテック記憶復旧プロセス』

『ステージ１』

『うれしいお知らせです！　感情ベースラインの作成に成功しました。これにより、それぞれの記憶があたえる影響を中程度の確率で予測できるようになります。現状では多くの要素がからんでいるため、記憶転送の順序を変更しています。思い出すときは時系列順になりますのでご心配なく！』

『ステージ１では中立的に感じるはずの記憶を体験していただきます。これが終わったのちにステージ２に移行します』

『記憶転送を開始……』

『再会が楽しみですね』才腕のショキューが言う。

ウィドウ類のシェンヤは船の貨物ベイでふらふらしている。酪酊食品を摂取したせいで、インプラントの言うこともすなおに受けいれられる。ライブラリアン類はたしかにシェンヤを見てよろこぶだろう。それはたしかだ。

閉じこめ室のモニター画面を見る。その銀色の表面には……なにもあらわれていない。しかし内面はシェンヤとおなじ期待にあふれているはずだ。まだだとしてもこれからそうなる。ライブラリアン類もいまのシェンヤのように酔うだろうか。いまシェンヤが嚙んでいる酪酊食品を、ライブラリアン類にも食べさせたらどうか。

やめよう。うまいものを無駄にするだけだ。それよりもっといいものがある。そうよ、かわいい子。食べたらきっと気にいるわ。

ライブラリアン類の閉じこめ室にハッチ開放を命じる。気圧差を解消する通気音のあと、重々しい機械の作動音とともにハッチが開いていく。

シェンヤが姿を見せても、ライブラリアン類のようすに変化はない。そもそも10Gの閉じこめ場によって球形に圧縮され、空中に浮揚されていて動けない。銀色の鏡面に映る自分を見ながら、そこは居心地悪いだろうかと考える。そうだとしても、これを食べれば機嫌をなおすはずだ。

はじめに葉を数枚、閉じこめ場にいれる。外肢の先端が場にふれないように注意する。ひらひらと舞い上がり、自然の落下の十倍の速度で球に吸いこまれる。銀色の表面にぴたりと張りついたあと、波紋も立てずに吸いこまれて消える。あとのプロセスは見えないが、葉は球のなかで原子レベルまで分解され、あらゆる物理量が計測、記憶される。ライブラリアン類は葉の構造を完全に理解し、適切な材料をあたえれば原子から再構築できる。銀河のどんなスキャン技術をもってしても差を見いだせないほど精巧に再現できる。

勝手に再現することもある。退屈しているときに多い。ハッチを開くと、動物の体の一部や植物の一部が床にころがっていることがある。ライブラリアン類が暇つぶしに再現し、閉じこめ場の外へ押し出したものだ。このライブラリアン類は危険なものを再合成した経歴はないが、閉じこめ室のハッチを開くまえにはモニターで確認が必要だ。

社内には自動操縦で帰還した幽霊船の伝説がある。船内はライブラリアン類と肉食昆虫の大群だけが乗っていたという。その船のライブラリアン類はとくにその探検者と仲が悪かったのではないかという説もある。しかしシェンヤの考えでは、そもそも食われるような肉体を持っている時点で探検者として失格なのだ。

葉を一枚あたえるごとに低い金属音が鳴る。シェンヤは口器をゆがめて微笑む。ショキューは反論するが、この子はシェンヤを認識し、反応していると確信している。こんな小さなライブラリアン類はもちろん法定外だが、餌をくれるのがだれの外肢か認識する程度の知性は持っている。

「ほうら、お母さんよ」低く歌うように言って、べつの種類の葉をやる。「姿を見てうれしいはずね。好みを知っていて、ごちそうを運んできてくれるから」

『おや、今度はお母さんになられましたか』才腕のショキューが茶化す。

『口に気をつけなさい』穏やかながら明確な警告の感情タグをつけて返事をする。

『どこがそんなにかわいいのか理解できませんね』

シェンヤは長い間をおいてようやく話題が変わったことを理解する。

『おまえにわかるわけがないわ』

酩酊食品の効果が全身にまわっているおかげで、メッセージの最後に〝愚か者め〟とつけ加えそうになる。言ったか言わなかったか気になって発言ログを見なおす。お母さん云々……警告……話題の転換……。言っていない。よけいなことはなにも。それにしてもウィドウ類の称号を批判するとは、やはり愚か者。自分の称号は勝ちとったものでないくせに。相手がウィドウ類のシェンヤであることに感謝しなさい。シェンヤの母にそんな口をきいたらとうに八つ裂きにされて……。

そのとき外肢の先端が重力場をかすめる。キチン質と金属がこすれる不快な音に夢想を破られる。一瞬のパニックののち、すぐに強い力で外肢を引きもどす。無事だ。よろけながら被害確認。体に傷はない。シェンヤの武勇をしめす輝かしい証……。

大事な外肢の先端が欠けているのをみつけて、声を荒らげる。

「この悪ガキ！　母に牙をむくとは！」

『**いわんこっちゃない**』とショキュー。

だからライブラリアン類は社内で嫌われる。失った外肢がまたはえてくる者ばかりではない。会社の探検者は大半がライブラリアン類を乗せた船ではドックを離れることさえいやがる。まして数光年もの長旅には出たがらない。しかし、それはようするに、彼らはこのインプラントとおなじということだ。ウィドウ類ではなく、臆病者なのだ。船倉にゴミを積んで帰還するのをよしとする。シェンヤはちがう。恐怖は利益を逸失させる。社内の高利益従業員ランキング六位の理由もそこにある。すくなくともネットワーク化宇宙を離れた三年前まではそうだった。標準年では……三十年か。酔っていなくても相対論計算は苦手だ。

とにかく重要なのはランキングではない。なぜただの炭素や水素や酸素原子を無駄に六十トンも積んでくるのか。結合パターンだけを記憶する手段があるのだから、それを使って、現物は捨てればいい。ライブラリアン類を一人積んでいけば船倉は小さくてすむ。土壌も鉱物も生物もすべて食って整理して記憶してくれる。会社が特定のサンプルを物理的に入手して研究したいときは、頼めば再現してくれる。

この数日間にどれだけの量をこのライブラリアン類に食べさせたか、よく憶えていない。しかし餌やりの楽しみは変わらない。いつも一個ずつ順番に、しだいに大きさと珍奇さを増しながらあたえる。巧みなコース料理のようなものだ。

今日は葉からはいり、次はまるごとの植物。そして集めた粗末な道具をいくつか——音からしてライブラリアン類は堪能したようだ。最後はメインディッシュ。驚かせようと隠していたものを床から持ち上げる。

切断した頭部を二本の外肢でささえ、三本目でその小さな口を開閉させながら、シェンヤは歌うように言う。

「やあ！　おいらはオブザーバー類。不愉快きわまりないやつさ！」

ライブラリアン類の銀色の表面に頭部が映る。半眼になった金色の瞳。白い髪は体液がこびりついて茶色く乾いている。金属の反響音が大きくなる。映った姿がゆがみ、球面の一部が小さく盛り上がる。シェンヤにとっては愉快な眺めだ。本来のライブラリアン類は液状生物だが、10Gの強烈な拘束力にあらがって変形するのは容易ではない。それでもこうして触手を伸ばしてくるのは、それだけほしいのだ。珍奇なのだ。探検者にとっては珍奇なものほど利益を生む。

　ほかの外肢でオブザーバー類のバラバラの体を持ち上げる。頭部は口を動かしてシェンヤの声で言う。

「おいらの気持ち悪い柔肌の両脚だよ！　食べて！」

　脚が餌になると、ふたたび小さな口を開閉させて言う。

「ごめんね！　本当は腕も二本だけど、お母さんが一本しかみつけられなかったんだ」

　その腕がライブラリアン類の表面に沈む。

「さあて、お次はおいしい胴体だよ！　食べたいのはだれだい？　きみか！　それ！」

　声をかけられたライブラリアン類は壁を震わせるほど動く。食事を楽しんでいる。それどころかオブザーバー類の体で最大の部分を食べおえたにもかかわらず、まだ触手を出そうとする。この時点でシェンヤは多少なりとも緊張感をもつべきだが、三個目か四個目の酩酊食品を摂取しているせいで、むしろ誇らしさを感じる。この子はすごい！　旅の序盤でこんなことはできなかった。重力場はほぼ最大強度なのに、それでも動ける。だったらゲームをしましょう！

　愉快な気分になったシェンヤは、頭部を見えないところに隠してもどってくる。簡単な宝探しだ。これを二回やって、おかしなことに気づく。銀色の表面にできた盛り上がりは、よそへ動かない。ライブラリアン類はシェンヤのほうへ触手を伸ばしているのだ。

シェンヤは外肢の先端の欠けたところを見て、かすかな不安の音をたてる。ライブラリアン類がオブザーバー類の頭を求めているのでないとしたら……シェンヤを食べたいのか。鏡面に映った自分を見て、ゆがんだウィドウ類の笑みを浮かべる。

「おもしろい子ね！　お母さんを食べたくなったの？」

『じらさないで頭部をあげてください』ショキューが言う。

頭部を狙ってるわけじゃないのよ、愚か者。本当は……と考えて、ふいに胸をえぐられる感じがする。愚か者は自分かもしれない。じつはライブラリアン類は最初からつまらない餌など求めておらず、シェンヤを食べたかったのかもしれない。深宇宙に出て三年半。閉じこめ室におさまらないほど肥え太ったライブラリアン類は、飼い主の美しい体に飢えているのか。

遊ぶ気がうせて、頭部を持ち上げ、さっさと重力場に呑ませる。外肢から離れた頭部が強力な重力場によって平らにつぶれ、金色の瞳が横に広がる。それを見ても楽しくならない。金色の瞳はこちらを見つめたまま、凄惨な顔とともに歌う金属に沈んでいく。

それでも盛り上がりは消えない。

『体があれば身震いしたいです』ショキューが言う。

シェンヤは自分が震えをこらえていることを認めない。

『ライブラリアン類がこれほど嫌われる理由をわたしは理解できないわ』

軽く言いながらも動揺している。一歩退がっても、盛り上がりに変化はない。それでもわずかな変形と実際の逃亡には大きなちがいがあると、酔った頭が言う。インプラントに不安を気づかれないようにしながら続ける。

『ライブラリアン類は役に立つわ。宙域で最高の外科医といえる』

『そうおっしゃるわりには、わたしを古いかたちでインプラントしましたね。完全に脳に統合させるほどには信用できないと？』

それは事実だ。じつはキャリア初期には、シェンヤもライブラリアン類を敵視していた。衛生設備とおなじ扱いだった。しかしある出来事で考え方を変えた。

特別に長い遠征から帰還したとき、会社にドッキングした見慣れない船に気づいた。目を惹いたのは船がいることではない。たしかに一回のミッションは百年くらいかかるので、ドックでほかの探検船に行きあうのはめずらしいといえばめずらしい。しかし目を惹いたのはその船。そしてその乗組員だ。

まず、見たこともないほど美しい船だった。夜闇にひらめく稲妻のような銀色の刃。調べて驚いた。これは一個の巨大なライブラリアン類がつくり、乗っている船だ。ブレージングサンライト号は名実ともにライブラリアン類の船といえた。いまシェンヤの目のまえにある不定形の液体金属で全体ができていた。しかも宇宙船の大きさだ。この生物は宇宙について豊富な知識をたくわえ、独自の宇宙船をつくり出すことも——それどころか自分がその宇宙船になることも——可能なのだ。反応炉、重力装置、センサー。宇宙船に必要なものはすべて必要なときに製造し、必要なくなったら吸収すればいい。しかもシェンヤの小さなライブラリアン類とちがって知性は法定水準よりはるかに高い。

社内随一の敏腕探検者であるシェンヤは、即座に船を訪問した。話し好きにはほど遠いライブラリアン類を相手にしばらく対話を試み、震撼とする洞察を得た。いままで宇宙をわかったつもりで、じつはわかっていなかったらしい。その巨大なライブラリアン類は、過去に会ったことがないにもかかわらず、シェンヤについてよく知っていた。彼女の旅も、発見も、持ち帰ったものも。シェンヤの小さなライブラリアン類が知っていることもすべて知っていて、愕然とさせられた。もちろん彼らはネットワーク化した種属だが、これはその水準を超えている。彼らはすべて一体の存在なのかもしれない。銀河規模の巨大なネットワーク化精神のなかの二個の細胞なのではないか。

こうも考えられる。ネットワーク全体もそうではないか。水面に浮いた油のように銀河にのった巨大な一個の精神。油滴が分離したり結合したり……。

『**危ない！**』ショキューが声をあげる。

シェンヤはさっと外肢を体に引きつけ、銀色の球を見上げる。そこからはえた触手が震えながらしだいに伸びている。八センチ……十二センチ……十六センチ……。シェンヤはおぼつかない外肢で手動操作を探る。酔った頭でも船が内側から食われるようすがはっきりと思い浮かぶ。重力場を最大にする。しかし12Gでも触手はわずかに短くなっただけ。インプラントに隠しきれないほどのパニック状態で、二番目の手動操作をする。ハッチが緊急閉鎖され、鳴っていた低い金属音が消える。

べつの外肢で三番目の手動操作をし、二重ハッチが閉鎖されるのを見る。自動システムもあるが、信用しない。二重ハッチのあいだに銀色のものがすこしでも侵入してきたら、内側の閉じこめ室をそっくり宇宙空間に放出する。会社には難しい釈明をさせられるだろう。いずれ会う巨大ライブラリアン類にはさらに釈明が難しいだろう。それでも貪欲な液体金属に侵食されるよりましだ。ライブラリアン類に記憶されたパターンになって帰還するのはごめんだ。

閉じこめ室のモニター映像に一分間目を凝らす。しかし液体金属は銀色の完全な球体にもどり、重力場のなかで浮いているだけだ。

『不思議ね。わたしに食欲をむけたことなどないのに』

『あなたが狙いではなかったのかもしれません』インプラントが言う。

酔って鈍った頭でもその意味はわかる。真後ろ付近までまわりこむ全周視野のなか、共用室の暗がりからこちらを見つめる一対の目。解体したオブザーバー類をライブラリアン類に食わせるという純粋な楽しみに酔っていた頭が瞬時にさめて、強い憎悪がふたたび燃え上がる。外肢の先端が閉じこめ室のハッチをこすり、金属から火花を出す。それを見て人類がぎくりとする。

ああ、ライブラリアン類。銀色に輝く子。わが心のよろこび。おまえは人類を食べたかったの？　心配しないで、いずれ食べさせる。

順番よ。

17

『エイヴテック記憶復旧プロセス』

『ステージ1』

『順調です！　感情状態において複雑な反応が観察されましたが、これはすべて正常に学習されますのでご安心ください。とはいえ重大なエラーを避けるために、ステージ1の記憶をもう何本か続けます』

『記憶転送を開始……』

　人類は叫んでいる。上肢の一本をもう一本でつかみ、床で体を折り曲げ、その床を短い下肢で蹴って貨物ベイの扉のところまで逃げている。床に落ちた真っ赤な液体の跡は点々とシェンヤの足もとまで続いている。

『転送中断』

『予想外の記憶の衝突が起きました。パラメータを調整中です……』

痛い。しかし苦痛より異質さが怖い。まわりはすべて硬い。硬くて、暗くて、悪魔が住んでいる。悪魔が歩きまわり、かちかちと鳴らす音や息を吐く音をこちらにむける。お母さん、お父さんと泣き叫ぶが、だれも来てくれない。こんなことは初めて。来るのは闇に住むものだけ……。

『パラメータ調整に成功』

『転送再開』

ウィドウ類のシェンヤはデッキの中央にしゃがんで、小さな姿を見ている。外肢四本で左右対称の姿に嫌悪をいだくのは娘のころからだが、いまは……不快感程度におさまっている。そうだ。相手がこれほど取り乱しているのにそれどころではない。頭部の濡れた穴から出てくる耳ざわりな騒音はどうにかならないのか。方法はあると、悪臭とともに思い出す。この生き物はいま床を排泄物で汚したところだ。この船には高性能で完璧な衛生設備が二つも載っているのに。

あと三年半。三年半もある。この生き物にそんなに耐えられる気がしない。耐えられるとすこしでも思ったのがいままでは冗談のようだ。酩酊していたのか。きっと……そうだ。貨物ベイに閉じこめておくことはできる。ライブラリアン類を説得して専用の食品を合成させればいい。床ではなく衛生設備に排泄するように教えられるだろう。しかし……これはどうか。この床への漏出！　止まらない赤い体液が清潔だった床を汚しつづける。

「漏らしつづけるのはなぜ？」シェンヤは訊く。

『止められないのでしょう』ショキューが答える。**『ウィドウ類のしつけ法を継続するまえに、多少なりとも調べ物をしたほうがいいのでは』**

シェンヤは噴気を軽く漏らして、まだ発声を続けるか、この生き物の息の根を止めるべきかと考える。あえて声を出して話す実験を酔った勢いで続けている。人類は標準語を習得できるかどうかでインプラントと賭けをしている。いまのところは成果はない。数日前に断念すべきだった。しかしシェンヤは往生際が悪い。銀河で唯一の人類を生け捕りにしたのだから多少の実験はするべきだろう。

しかし酔いがさめてみるとひたすら鬱陶しい。賭けなどしたことを後悔する。この生き物がこんなふうに毎日騒ぎ、わめき、体を丸め、床を汚しつづけるなら、実験などさっさと終わらせたい。ちょうどその叫び声は耳ざわりなくらいから耐えがたい水準になったところだ。

「もううんざりよ」

シェンヤは憤然と言い、すっくと立ち上がる。そうだ、もう充分だ。こんな不愉快な人類はさっさとライブラリアン類に放りこもう。外肢を伸ばして歩みよる。ぬめった体で逃げようとするので、乱暴につかまえなくてはいけないだろう。

「いやだ！」

人類は叫ぶ。その場にとどまり、傷ついた上肢を抱きかかえたまま、身を乗り出して言葉に力をこめる。

「いやだ！」

シェンヤは驚いて動きを止める。頭のなかで訊く。

『いまのは……標準語だった？』

『賭けはこちらの負けのようですね。この恐怖と苦痛による教育法を出版してはいかがでしょうか』

シェンヤは小さな生き物を注意深く見て、声に出して言う。

「学習できるのね」

『「人類を育てる――恐怖でわが子を訓練するノウハウ」』ショキューは本のタイトル案を挙げる。

「聞こえたでしょう」

『「種属間保育の秘密――恐怖によるアプローチ」』

「悪辣な異星人をしつける方法がほかにあるなら聞きたいものだわ。母はしつけのためにわたしの体の一部を切除したほどよ」

『その母とよろこびに満ちた関係を築けましたか？』

「築いたわ」シェンヤは歯ぎしりして答える。

『異種属の子を親代わりになって育てる技術について、わたしは意見する立場にありません。しかしあなたの外肢は欠損してもすぐに再成長しますね』

シェンヤは外肢の先端の欠けたところを口器にあてて硬い音をたてる。残念ながらそのとおり。そうでなければライブラリアン類の愛咬《あいこう》を一生の記念にできるのだが。

「そうよ。でもわたしの外肢が再生するからといって――」

本能的に床に伏せる。飛んできた物体は、シェンヤの頭があった場所を通り抜けて背後の壁にあたり、はねかえって逆さに床に落ちる。シェンヤはそこから人類へ注意を移して驚く。

『足カバーを投げたのですか？』とショキュー。

シェンヤは驚きのあまりすぐには返事をできない。

「……そのようね」

『あててみましょう。ライブラリアン類に放りこむまえに、ウィドウ類の慰み物にするつもりでしょう』

シェンヤは答えない。小さな姿を見つめる。人類という名を聞くだけでも体液圧が上がるが、姿もほかの種属にくらべて醜悪きわまりない。全体がぶよぶよと太り、柔弱な皮膚におおわれ、あらゆる穴から各種の液体をとめどなくこぼす。かわいらしさなどかけらもない。それでも……外骨格を見ただけで理解したつもりになるなと格言でいうではないか。この不愉快で矮小な生き物は、はるかに大きな相手を攻撃する。勝てる見込みはなく、みずからは手負いなのに。ウィドウ類として一目おくべきだろう。

「いいえ」シェンヤは小声でインプラントに答える。

『では、母親実験を継続するのですね』

シェンヤは不快な音をたてる。出しゃばりすぎだ、インプラント。

「この……生き物についての実験をそう呼ばないで。工場出荷状態にもどされたいの？」

『わかりました。では、子守り実験と呼びましょう』インプラントは自分の立場の危うさを理解していないようだ。**『まずはじめに、よろこばせてみましょう。人類についての情報はローカル保存していませんが……ウィドウ類の幼生はなにで遊ぶのですか？』**

呼び方については看過することにした。十年前より昔のことをインプラントが記憶していないのはしかたない。

「傷ついた獲物で遊ぶ」

シェンヤの脳裏に子どものころの楽しい思い出が蘇る。

『ここには死にかけた動物は一匹もいませんね』とショキュー。

シェンヤは一計を案じ、黙って自室へとって返す。もともと荷物は少ないので、小さな包みを二本の外肢でかかえてすぐにもどってくる。そのようすを追う人類の目に浮かんでいるのは、悪意に満ちた表情か。次の攻撃を準備しているかもしれないと、シェンヤとしてはほほえましく思う。

「さて、これで」

シェンヤは包みを床に広げる。

『あなたが服を着るとは知りませんでした』とショキュー。

「幼生でもないのに服など着ない」

愚か者めと続けたいのをがまんする。外肢二本で一枚の布を持ち上げる。濃い光沢のある黒い布で、だれにも話したことのない思い出がある。

『ベビー服をつくるのですか？　おくるみとか』

シェンヤは布を光にかざして穴がないか調べる。

「わたしたちは布にくるまれたりしないのよ。そもそも大人に会うまで生き延びられる幼生はごく一部」

『危険な環境のせいで？』

「幼生同士の環境ね」

『なるほど』しばし黙って続ける。**『まあ、それも意見する立場にありません。ベビー服でないとしたら……交尾服とか？　根拠はありませんが』**

「そのとおり」シェンヤは思い出しながらそっと布をなでる。「複数の男の生き血にまみれて絶頂を迎えるの」

『それが……交尾なのですか？』

「そうよ。わたしたちが未亡人《ウィドウ》と呼ばれる理由」

シェンヤは続く質問を待つ。問われたらインプラントを工場出荷状態にしようと外肢をかまえる。〝交尾したのなら、お子さんたちはどこへ？〟という質問だ。しかしめずらしくインプラントは沈黙し、それによって命拾いする。

そこでシェンヤは決断する。布をかかえて静かに立ち上がる。小さな生き物は疲れて眠っているらしい。もう一方の足カバーは脱いで、いつでも二発目のミサイルとして使えるようにしている。決して認めるつもりはないが、この姿をいじらしく感じる。

「ウィドウ類の幼生の巣では八秒と生き延びられないはずよ」小声で言う。

『考えるとぞっとします』ショキューは言う。


『なるほど。殺さなくてよかったと思っていますか？』

ショキューから言われながら、シェンヤは共用エリアの壁ぎわにしゃがんだ小さな人類を見る。まわりに散らばっているのは工具袋の中身。その脇では小さな人形がすわっている。人形はなめらかな黒い布製。外肢の多い体型はだれが見てもウィドウ類だ。

人類は自分の作業に夢中だ。工具をさまざまな形で積み上げ、ちょっとしたことで崩しては笑う。山が崩れるたびにウィドウ類に目をむけて反応を見る。

「彼女はわたしに慣れてきたようね」

シェンヤは言いながら、口器をゆがめる。ほかのウィドウ類が見たら母親の顔と言うだろう。人類にあわせて室内を明るくしているが、いい気分のじゃまにはならない。

『強い恐怖をしめしていないから、ですか？』

「そういっていいわ」

『もう一つ気づいたことが……。いまあの人類を、とくに根拠なく女性代名詞で呼びましたね』

「そのほうが呼びやすかっただけよ」

『これは昔からですが、あなたは相手が女性であることを既定としていますね。相手が女性である前提で話し、そうでないとわかるまで変更しない。女性に相当する性がない種属もあるし、そういう種属は意外と多いのに』

「これは昔からだけど、インプラントも中年になると反抗的な意見が増えるようね」

『わたしの製品寿命はまだまだ余裕があります。そして話題にそった事実を提示するのは職務のうちです』

両者はしばらく黙って小さな人類を見る。

ひときわ高く積み上がった道具の山が崩れると、人類は声をたてて両手を何度か叩く。

そして称賛の言葉を待つようにシェンヤを見る。シェンヤはそのようすをしめして言う。

「ほら、あれ。男にしては利口すぎる」

『その発言は差別的では』

シェンヤは外肢を振って答える。

「わたしのせいじゃない。育った共同体のせいよ。でもおまえは愉快でしょう。一般的に不適切と考えられる見解をわたしが持っていると知って……」

そこで言いよどむ。粘着テープのロールが一本ころがって、シェンヤの足もとで倒れる。顔を上げると、人類の奇妙な三色の目がまっすぐこちらを見ている。中心が黒、そのまわりが茶色がかった金色、そのまわりに白。口器を持たない人類はどうやって感情表現をするのかと思っていたが、いまの仮説ではこの目だ。大きさ、形、すこし上にある動く線。そしてときどき流す液体。不気味だが、これらを組みあわせてできることは多い。

ころがってきたロールを小さな外肢の一本で拾い上げて人類にしめす。

「粘着テープ！」

丁寧に発音して、二度言う。人類は無言のまま、小さく太った片手をシェンヤのほうに伸ばす。シェンヤはこの小さな生き物を驚かさないようにゆっくりとそちらへテープをころがす。もどったテープが足にあたるのを見て、人類は顔を上げ、なにか音をたてる。

「この不気味な声は……笑いかしら。楽しさの表現？」シェンヤは考える。

『そうだといいですね。でないと悲惨です』ショキューは言う。

シェンヤは床にしゃがんでいる。外肢は鋭い側を隠して丸い繭のかたちにしている。そうやって待つ。

軽い接触がある。そして笑い声らしい小さな音——くすくす笑いだ。シェンヤはどちらも無視する。接触するのは気味の悪い血液を大量にふくんで湿った皮膚。しかし最近は嫌悪感が薄れている。ふたたびそっとふれられる。今度は二本の外肢で、より強く。これも無視する。三度目。今度こそ十二キロの体重をすべてかけてくる。

シェンヤは丸めた外肢を開きはじめる。黒く輝く花が咲くように、鋭い刃で小さな生き物を傷つけないように、ゆっくり慎重に外肢を開く。

人類はけたたましい声をたてて走り、倒れる。急いで立ち上がるが、また転倒。そのあいだもあの音をたてている。愉快な気分の表現でまちがいないようだが、恐怖をあらわす発声と似ているのでわかりにくい。

ゆっくり大げさな動きで、ウィドウ類のシェンヤは獲物を追う。外肢を硬い床に立ててわざと一歩ずつ音をたて、穏やかに噴気音を漏らして、こちらの居場所を小さな生き物に伝える。幼生は壁にそって走り、待つ。まだくすくす笑いを漏らしている。

「どこにいる？　どこへ行った？」

シェンヤは標準語でわざとらしく言う。

角から小さな頭がひょっこりと出る。奇妙な三色の目がまっすぐこちらを見て、くすくす笑いを残して引っこむ。

「あっちかな……?」

外肢を上に伸ばして隔壁上部の棚のなかを調べる。またくすくす笑い。

「こっちかな……?」

外肢を引きもどして、わざと反対方向を見る。幼生はうれしそうに笑いころげている。

「それとも……」

『**不自然です。すぐそこにいるのに**』ショキューが口をはさむ。

シェンヤは落胆した態度をよそおって出口に背をむける。

「ああ、あの子は興奮してエアロックにはいって、悲惨な死を遂げたにちがいない。いなくなってしまった」

かん高い声が外骨格をつらぬいて響く。シェンヤは外肢を高く上げて振りむき、背後から忍び寄っていた小さな生き物をあやうく殺しかける。幼生は命があやうかったとも知らず、ぴょんぴょんと跳びはねて小さな上肢を打ちあわせている。シェンヤは意識して外肢の力を一本ずつ抜く。外側から内側へ順番に。

『間一髪でしたね』ショキューが言う。

シェンヤの下側の外肢に人類は両腕を巻きつけてくすくす笑っている。複雑な気持ちでシェンヤはそれを見る。強い嫌悪は消えたとはいえ、抱きつかれる感触はまだ気味悪い。

「さあ、もう終わり」

シェンヤは穏やかに言いながら、視線を恐れるように共用エリアを見まわす。外肢の鋭さをやわらげてから、小さな体を甲殻から引き離す。

幼生はキチン質のなめらかな部分に顔をぴたりと押しつけて、かん高い声をたてる。満足げな発声がシェンヤの心を震わせる。

『どういうことかわかりませんが……まるであなたは死にかけているようです。体内の生化学バランスがおかしくなっています』

『死にかけてはいないわ。ただ……へんな気分』シェンヤは声に出さずに言う。

『人類に感染しないといいのですが』

シェンヤは口器を鳴らしてうわの空で同意をしめしつつ、頭ではべつのことを考えている。冷徹な殺し屋の頭脳の奥深くである種の化学物質が産出され、大量に分泌されている。大半の種属を死亡させかねないもので、ウィドウ類も例外ではない。実際にシェンヤは気分がすぐれない。なのに……なぜかこれを歓迎している。

変化は思ったほど不快ではない。はじまりは夢だ。もともとみていたのは普通の夢。つまり、若いウィドウ類にとってあたりまえの殺戮の夢で目覚める毎朝。しかし船が母星へ着実に近づいているいま、シェンヤの夢から殺戮は薄れている。外肢の刃を隠し、殺戮と狂宴の余韻を残さずに目覚めるようになっている。

なにより、それが不安ではない。

人類はまた走りまわっている。ショキューが投影する遊び友だちのホロ映像を追いかけている。これは妙案だったが、認めるつもりはない。床を走りまわる人類を見ながら、シェンヤは奇妙な気持ちになる。

『悩みどころですね』ショキューが言う。

『なにが？』

『そろそろ決断のときです』

シェンヤはわからないふりをしてしばらく考える。それでも不愉快なインプラントはお見通しだ。

『かならずしもあれをライブラリアン類に食わせなくてもいいでしょう。バー食品をあたえて船倉に閉じこめておく手もあります』

『あれではなく彼女よ』

『はい、彼女です。一方で、記憶庫を使ってしまえば愛着は消えるかもしれません。むしろさっさと始末したくなるかもしれない。あの水の惑星で拾った小生物のように。あれは二回前のミッションでしたっけ？』

『三回前よ。あれはあくまでペットだった』

『とにかくそれで問題は解消しました。会社は飼わせてくれないだろうかと、ミッションのあいだずっと悩んでいましたね。でも記憶を削除したら悩みも消えた。今回もおなじです。やるまえは不条理に感じても、終われば後悔はしない。すべて正常にもどります』

正常にもどる……。探検者のシェンヤ。会社の誇りであるシェンヤ。多数の外肢を武器にする殺し屋のシェンヤ。

いや、いまは母のシェンヤだ。

インプラントの言い分も一部は正しい。会社の厳格な非開示規則はともかく、ミッションの記憶をまるごと削除するのは、生涯残りかねないトラウマを癒やすうえで高い効果がある。記憶がなければ悲嘆もない。友人や家族が一人もいないのならこの仕事はクレジット稼ぎに最高だ。ある日ミッションに出発し、翌日には帰還している。クレジットはたっぷり増えている……。終わったあとではそういう記憶しか残らない。実際には標準時間で一世紀あまりをほぼ光速ですごし、七、八歳分の加齢がある。遠征で遭遇したものは憶えていない。ただし、脳裏に残るぼんやりとした出来事の影には一生つきまとわれる。それでもクレジットの魅力にはあらがえない。今回の自分の反応も予想がつく。収入の大きさを見て、自分は宇宙でいったいなにを発見したのかと不思議に思うだろう。

真相を知る機会は永遠にない。

そしてやがて気にしなくなる。稼ぎを手に男たちのハーレムに行ってまる一日遊ぶだろう。

しかしいまならどう判断する?

『まだ時間はあるわ』

『あなたが心配です。本当に心配です』ショキューが言う。

18

『エイヴテック記憶復旧プロセス』

『ステージ１』

『バイタルサインが低下しています。このプロセスと体の健康状態に関連性はほとんどありませんが、あとで調べられるように記録を残します。ステージ１の記憶をあと一つ転送して、そのあとステージ２に移ります』

『記憶転送を開始……』

シェンヤは複雑な状況に追いこまれている。

船の共用エリアでしゃがんで頭を悩ませる。三日も眠っていない。さまざまな感情がせめぎあっている。自身の母の不在を初めて大きな穴として感じる。お母さんはこれをどう生き延びたの……。その穴にむけてつぶやいてみる。しかし返事はない。

ネットワークから遠く離れているので答えを検索することもできない。過去七回のミッションでこんな悩みが生じたことはなく、そのため手がかりになる情報リソースは船内に少ない。インプラントに助言を求めるわけにもいかない――それはどん底まで落ちたときだ。たとえそうなっても、ショキューとは最近、距離ができている。物理的にシェンヤの脳幹に埋めこまれているのに距離もなにもないものだが、いま話しかけても返事は単語や短いフレーズだけ。こんなことでは普通は困る。しかし文明圏の末端が目と鼻の先に近づいているいま、頭を占めるのはべつの一つの問題だ。

あと八日。こんな苦悩に八日間も耐えられるのはウィドウ類だけだ。

この状況の詩的な符合に気づいていないわけではない。娘になるのに八日かかったシェンヤが、いまは母になるのを八日のうちに避けようとしている。最初の試練は幼かったのでよく憶えていないが、外骨格に残る傷から推測して暴力的だったのはたしかだ。今回の試練では体はほとんど傷つかない。しかし内面の葛藤ははるかに大きい。前回の敵は殺戮欲にかられた姉妹だったが、今回はもっと強敵。すなわち自分自身だ。

その自我の戦い方は卑怯だ。自我はいま、壁ぎわで無防備に寝ころがって危険な吐息をもらす姿を見ている。知性が本能にむけて言う。見ろ、あの醜悪な姿を。裸だから醜い皮膚がむきだしだ。ぶよぶよして不器用な腕。その片腕を頭の下に敷いている。反対の腕は腹の上において、眼前に浮かんだホロ映像を操作するためにすこしだけ動かしている。口の端を小さく動かしているのは、ウィドウ類の口器がつくる表情をまねたものだ。頭のてっぺんからはえた髪とやらは長く伸びてもつれ、目をなかば隠している。そしてあの目！奇妙で、よく動き、濡れている。これが人類の目だ、自我よ。だんじて娘の目ではない。

　しかしシェンヤの深い部分は同意しない。自我の深いところは近視眼的で同情的だ。未来を考えず、いまだけを見る。

「お母さん？」

　明瞭な標準語で人類から呼ばれて、シェンヤはぎくりとする。小さな生き物はいつのまにか隣に忍び寄っている。これも数年のうちにできた絆だ。ウィドウ類に忍び寄れるものはいないはず。しかしこの小さな生き物はいまではウィドウ類のように歩く。ぶよぶよした不器用な外肢ながら、関節を高く上げて音をたてずに移動する。適切な口器を持たないのに、ウィドウ類のように話す。もはやほとんど……。

　そこで知性が必死に反撃する。その声にシェンヤはショックを受ける。シェンヤの母の声が頭のなかで言う。

あの子はおまえの娘ではないわ。おまえの娘にはなれない。

シェンヤは小さな生き物に警告音を送る。母と呼ばれたせいで心臓が跳ねたことや、フェロモンのせいで体内の生化学系が変化していることは隠す。

「シェンヤよ」

しっかりと教える。わたしはウィドウ類のシェンヤ。母のシェンヤではない。

これからも変わらないと、頭のなかの声が悪辣にささやく。

「シェンヤ……」

小さな生き物はたどたどしく言う。身体構造のちがいを考えると意外に上手な発音だ。

その長く伸びた〝髪〟というものをシェンヤは外肢の腹でなでる。ウィドウ類の心の葛藤を小さな生き物は知るよしもない。

「そうよ、サーヤ」

そう呼ぶと心臓に震えがはしる。

頭の声が嘲笑する。サーヤですって？　よりによってその名を！　そしておまえはウィドウ類を称号にするのね。

そうだ。サーヤは古式ゆかしい名前で、どこをとってもウィドウ類。この小さな生き物にはまったくふさわしくない。しかし、だからこそぴったりだ。それは大きな業績――あるいは大きな破壊をなす者の名。サーヤにまつわる物語は多い。その一つ一つをシェンヤは三年以上かけて一人の熱心な聴衆相手に語った。その名は二人のあいだで決まり文句になっている。母と……いや、ウィドウ類と人類の合い言葉だ。サーヤのように孤独だとシェンヤが言えば、小さな生き物はそれが〝一人のサーヤ〟のことだとわかる。サーヤが殺すより早く眠るわねと笑えば、それは〝瞬殺のサーヤ〟をさしていると理解する。さっきはサーヤだったのと小さな生き物が言えば、シェンヤはそれが謝罪の意味だとわかる。悪者にされているのは小さな生き物が大好きな〝破壊者のサーヤ〟だ。

「おなかすいた」と人類のサーヤが言う。

ウィドウ類のシェンヤは思わず口器を笑いのかたちにする。いかにも破壊者のサーヤだ。

「緊急なのは衛生設備へ行くことじゃない？」やさしく助言する。

「ちがう！　おなかすいたの！」

「足がばたばたしてるわよ」

「ばたばたしてないもん！」人類は小さなぶよぶよした足を止めようとする。「これはただ――」

「おなかがすいたから、なにがほしいの？」シェンヤはさえぎって言う。

「それは……バー食品がほしい……です」

ていねいに言いなおしたのをほめてやる。

「いいわよ」

すると小さな生き物はうつむいて小声になる。

「赤いのがいい」

シェンヤは生涯のほとんどをほぼ光速で旅している。銀河の時間の流れから離れて氷漬けですごしている。この船でミッションを七回こなし、今回も五十年近く飛んでいる。文明の標準時間で千年紀の半分近くをこうしてすごしている。その期間で最後に笑ったのがいつか思い出せない。しかしいま、この柔らかな顔と小さな声を聞いて、体の奥から湧いてくる笑いを感じる。

赤を食べたいなんてわがままな。ルールを守れないの？　そういう態度はいつか厄介なことになるわよ。

「灰色のほうが健康にいいんだけど」

シェンヤはそう言って、反応を見る。サーヤは乱暴に一歩退がり、口の端をゆがめて不愉快さを表現する。

「赤！」

長くこするような音が空気を震わせる。シェンヤは笑いをこらえきれない。ウィドウ類の表情が人類の顔で表現されるとは。ああ、愉快だ。心の底から笑える。小さな生き物はかつてこの音を聞くと恐れおののいたが、いまはしゃがんで無表情に見るだけ。それも気分がいい。恐れられるのもいいが、愛されるほうがもっといい。これが知恵。母性の知恵だ。そして絆が育っている証拠。まさに母と——

ちがう！　この子はおまえの娘にはならない。

とたんにシェンヤは冷静になる。

「灰色を食べなさい」

すこしきびしすぎる口調になる。灰色はライブラリアン類に合成させた食品だ。依頼するとあっけないほど簡単にできる。必須栄養素をすべてふくんだ乾燥した直方体。味はひどいだろう。それでも人類食だ。いちおうは。

「でも……」

「それから——」

人類は足をばたばたさせるのをやめて、ウィドウ類の口器を注視する。厳格な仮面にわずかなひび割れを見いだそうとする。

「——あとでわたしのを一口だけ食べさせてあげます」

シェンヤが言うと、小さな生き物は文字どおり飛び上がる。よろこびを抑えきれない。

円を描いて跳びはねながら、破壊者のサーヤの戦歌《せんか》を歌いはじめる。

「一口だけよ」

シェンヤは笑いをこらえながら、小さな生き物が勇ましく歌うのを聞く。

哀れな赤いやつ、恐れる赤いやつ！　ああ、みんなみんな、弱虫の赤いやつ！

その小さな口から陰惨な歌詞が出てくるのもおかしい。

シェンヤは踊りまわる人類を傷つけないように気をつけて立ち上がる。

「取ってきてあげるわ」

ふいに脳裏にメッセージが表示される。

『本人に取ってこさせてはいかがでしょうか。すこしお話が』

『いいわよ』

声に出さずに答えながら、インプラントが数日ぶりに話しかけてきたことに驚く。ふたたびすわりながら人類に言う。

「気が変わったわ。自分で取ってきて」

小さな生き物は出陣の踊りをぴたりと止める。勢いあまって倒れそうになる。信じられないようすで訊く。

「一人で？」

「一人でね」シェンヤは口器で笑みをつくる。

「わかった！」

サーヤは船倉めざして駆け出す。閉まりかけるドアにむけてシェンヤは言う。

「衛生設備にも行くのよ！」

こちらの部屋で一人になる。

外肢が細かく震える。インプラントも気づいていないだろう。短時間離れるだけでも苦痛とは情けない。恥ずかしいことだ！　しかし本心ではどうでもいい。あの小さな生き物は……なんだろう。絶対に娘にはなりえないのに、シェンヤはかたくなに無視して楽しんでいる。脳の原始的な部分が勝手に脳内物質を分泌する。そういう機能の部位なので知性で制御できない。意識で縛れないことを本能はわかっている。

『愛着を持ってしまっていますね』

ショキューが頭のなかで言う。シェンヤは答えるまえに体の反応を制御しようとひと呼吸おく。

『そうかもね。あの子はわたしにとって……娘のようなものよ』

あくまで比喩であり、実際の認識ではないことを強調する。しかし娘という言葉を出すだけで胸が苦しくなる。

なぜなら娘にはなりえないからよと、頭のなかの母の声がまた言う。

『**それでも娘ではない。そうですね？**』インプラントも言う。

シェンヤは答えない。答えられない。インプラントの言葉で傷つくことを認めたくない。法定外知性にそんなことを認めるくらいなら喉を掻ききって死んだほうがましだ。その言葉は箱に詰めてどこかにしまっておく。頭の外へ捨てられないが、利用価値はある。怒りに変えられる。そう、こんなふうに。そうやって自制心をとりもどす。

『**ミッションのたびにこれです。かならずなにかに愛着する**』インプラントは言う。

シェンヤは答えない。怒りが標的を探し、そしてみつける。このインプラントは驚くほどなんでも知っていて、それでいてなにも知らない。シェンヤがときどき孤独に苦しみ、長旅の友に生き物を船内に連れこむのを見て知っている。しかし導いた結論はどうか。根本的に誤解している！　ペットだと思っている。シェンヤの心と体が変化して母になる準備を整えていることを理解していない。すでに本能が優勢になり、体が知性を裏切っているのに、それを知らない。

おそらく永遠に理解しないだろう。自分で体験できないことだから。

母の声が言う。あの人類もそうよ。娘にはなれない。

シェンヤは沈黙しているが、本当は叫びだしたい。閉じた貨物ベイのドアを見る。小さな生き物は戦歌の鼻歌を歌いながら、いちばんおいしそうな赤いバー食品を選んでいるだろう。次々と手に取る姿が見えるようだ。角がへこんでいるものや、包装にしわがあるものを取りのけ、完璧な一個を求める。インプラントには理解できないだろう。シェンヤは自分に……制約がなければ、心臓が八回搏つあいだにこの子を娘にしたいと思う。この気持ちを理解できるわけがない！

しかしよく考えれば説明する義務などない。ネットワークインプラントに住むちっぽけな法定外知性体など。

『あと八日でネットワーク化宇宙です』ショキューは言う。

シェンヤは閉じたドアをにらみ、頭のなかの母の声を無視しながら怒りをふくらませる。気をつけなさい、愚かなインプラント。あまり怒らせないほうが身のためよ。

ショキューは続ける。

『気ままな白昼夢の八日間になるかもしれないし、苦悩の八日間になるかもしれません』

続いて送られてくるのは純粋な感情だけ。やさしさ、心地よさ、理解……。それらに腹が立つ。そんなものでウィドウ類のシェンヤを懐柔できると思っているのか！

『過去にも重要な記憶を削除したことはありますね。つらくなかったはずです。ふたたび三年半を消すくらいどうということはない』インプラントはなだめる。メッセージは強くなる。『**これまで起きたことは、これからも起きます。船に乗っているのは異種属だと理解する。愛したりしない。そして真実に気づく。この小さな生き物はウィドウ類の称号を持てないと**』

　シェンヤの頭で言葉は湧かないかわりに、感情が湧く。ショキューに対して悪意の黒雲が湧き上がる。このインプラントは黙るとろくなことを考えない。話しだすとろくなことを話さない。しかししょせんはよそ者の考え。低階層の考えだ。そんなお説教を聞きたくない！

　冷たい怒りを燃やしながら、甲殻の深い溝を外肢で鳴らす。これは傷痕だ。娘になるときに負ったものだ。インプラントにこんな傷はあるか？　見せてくれるなら話を聞こう。

　また母の声が言う。あの子は娘ではない。決して娘にはなれない。

『**あの子は娘ではありません。決して娘にはなれません**』ショキューもささやく。

　シェンヤはしばらく無言になる。それからゆっくりと四本の外肢で床を引っかき、火花を散らす。怒りは氷のように冷たく、闇は平穏なほどに深い。

『**才腕のショキュー。そろそろおまえの名前を変えるべきね**』

『**そんな矮小なことで状況は変わりませんよ**』ショキューは軽く言う。

　シェンヤは驚く。このあわれな知性体は数々の失敗に気づいていないのか。

『矮小？』声は穏やかながら、言葉に稲妻がはしる。『矮小の名がふさわしいのはおまえよ。称号についてわたしに説教する気？　自分で獲得したわけでもない称号を名のっているくせに』

自分が震えていることに気づく。キチン質とキチン質がぶつかる音がする。

『でもその点で悪いのはわたしね、才腕のショキュー。責任をとるわ。おまえはおもしろい選択をしたし、演技もさせてきた』

『演技などしていません。わたしは才腕のショキューです』インプラントは叫ぶ。

ようやく正体をあらわした。矮小な知性体も危険を察してあわてているが、もう遅い。

『才腕のショキュー、その称号は獲得したものではない。命を勝ちとってもいない。ゆえにおまえに命じる』

脳裏からインプラントの苦悶のメッセージが伝わってくる。

『獲得します。かならず！』

ばかげた訴えを無視してシェンヤは宣言する。

『才腕のショキュー、その名を〝虚無のショキュー〟に変更する。これからはこれが称号。そのように名のりなさい。おまえは何者でもない。おまえは虚無』

オーバーレイにつねに表示されるショキューのアイコンを見るが、ラベルの名称は変わらない。

『わたしが持っているものはこれだけなんです』ショキューは言う。

そのメッセージには怒りがあるが、脅しはない。この知性体の支配権はシェンヤが持っている。リセットして工場出荷状態にもどせるし、精神コマンドで破壊もできる。八日後にはましなものに交換できるので困らない。恐れるところはない。凍結した海のように静かに言う。

『才腕のショキュー、気が変わったわ。おまえをリセットしてオリジナル状態にもどす』女王然とした嘲笑をメッセージに添付する。**『おまえは記憶も名前も失う。そして——』**

言いよどむ。感覚の末端をなにかに刺激される。床や空気から伝わってくる。なにかの変化。重要ななにか。貨物ベイのドアのむこうから音が聞こえる。低い響き。金属が鳴るような……。

『おたがいに失いたくないものがあるようですね』

ショキューが言う。感情が付与されないメッセージ。

外肢を組んだ威厳あるウィドウ類の姿だったシェンヤは、大あわてで貨物ベイのドアを探る動物の姿になる。急いでコマンドを打ちこんでドアが開くまでの時間が歯がゆい。ようやく貨物ベイにはいる。外肢を高くかまえて。

まず見えたのは悪夢のような自分の反射像だ。狼狽した精神状態のせいで、状況を理解するのに時間がかかる。

ライブラリアン類の閉じこめ室のハッチが大きく開いている。その食事の歌で床が振動している。貨物ベイのあらゆるところにシェンヤのゆがんだ姿が映っている。自分の口器が動いてなにか言っているのが見えるが、言葉は聞こえない。人類はいない。ライブラリアン類と、バー食品の箱がいくつかと、情けない自分の姿だけ。遅かった！　インプラントに――矮小な精神に先を越された！　裏切られたのだ。小さな生き物は食われて……。

叫び声が聞こえる。

小さくかん高い、幼い鬨の声。いる！　小さな人類は箱によじ登り、ライブラリアン類と対峙している。それどころか――地下の女神よ――戦っている。ただし負傷している。半身が赤く濡れている。片腕を体に引きつけている。しかし部屋の隅でおびえてはいない。バー食品を閉じこめ室へ投げつけている。

シェンヤの心は安堵と愛で破裂しそうになる。

感慨にひたっている暇はない。ライブラリアン類はバー食品をのみこみ、次を求めている。かつて見たことがないほど重力場から大きくはみ出している。いまにも目的を果たしそうだ。シェンヤの憤怒の視線のまえで、また赤のバー食品が――小さな生き物の一口分が——投げられ、銀色の表面にのまれる。

シェンヤはこれまでにない怒りを感じる。憤怒の化身になる。殺戮欲でまわりを見失ったつむじ風になる。闇色の鋭い刃を美しく舞わせる。自身の負傷はかまわない。伸びてくる銀色の触手と戦って三本の刃を次々と折られる。人類の脚へ伸びた触手を阻止しようとして外肢を一本まるごと失う。黒い外肢は動きを失ってのまれていく。五本目の刃は閉じこめ室の手動制御装置にぶつかって砕ける。それでも機構はすぐに反応し、二重ハッチが銀色の触手をはさんで閉じる。折れ残った外肢で次のボタンを押すと、急激な減圧がはじまる。床に大きな震動が伝わり、銀色のポッド状構造物は貨物ベイから吸い出されていく。閉じこめ室に残ったライブラリアン類は秒速九十メートルで虚空へ射出される。

シェンヤは人類の隣に倒れこむ。外肢を失ったところからの体液の流出は止めているが、痛覚の受容体は解放している。数年ぶりに感じる戦闘後の恍惚。恐怖せず苦痛に立ちむかう。それがウィドウ類のやり方だと精神が歌う。いにしえの勝利の歌が聞こえ、よく戦ったと理解する。体内で分泌される生理物質の奔流によって気分は高揚しつづける。これらはよい傷だと歌われる。美しい傷だ。名誉の負傷だ。はるか昔に娘になったときに負ったものより劇的な勲章だ。声と心で合唱しようとすると……。

歌声がふいにつたない発音のウィドウ類の悪態に変わる。さまざまな悪口とともに、ライブラリアン類の閉じこめ室のハッチにバー食品が投げつけられる。シェンヤはそれをぼんやり眺める。恍惚としたまま口器は半開き。投げつけられるバー食品の半分は床に落ちたシェンヤの外肢にも降りそそぐ。正常な働きを失った頭は、ここにいたってもまだ、だれが歌っているのかとぼんやり考えている。

ウィドウ類の目はほぼ全周の視野を持ち、人類のように見たいものへ顔をむける必要はない。それでも、まるで磁石のようにシェンヤの顔をそちらへむかせる力が、人類の顔にある。体内のさまざまな腺から分泌される大量の生理物質を止められないように、その磁力にもあらがえない。ウィドウ類として最大の恐れと愛でその小さな視線を受けとめる。

小さな生き物がこちらを見つめている。傷ついた上肢を脇にかかえ、半身が赤い液体で汚れている。足はふらつき、顔は濡れている。そんな姿なのに、視線から目を離せない。三年半にわたってこの目が伝えるものを読み解こうとしてきて、ようやくわかった気がする。苦痛と同時に信頼がある。

「お母さん？」

小さなものはつぶやいて、血まみれの膝をつく。

シェンヤはこれまでに経験したことのない巨大な感情に襲われる。天衝く怒りよりも高く、多関節の体を駆りたてる本能よりも熱い。何億年という太古から受け継がれたなにかが爆発し、噴火し、炎上する。あらゆる異議の声や、ありえないという理屈を一蹴する。この子のためにどんなこともしようと初めて感じる。殺そう。守ろう。全身を捧げよう。笑いながら外肢を一本ずつ切り取られよう。

　砕けた刃と欠損した外肢で立ち上がる。ウィドウ類の顔を人類の顔に近づけ、震える口器を小さな唇に近づける。

「わたしを母と呼びたい？」

　小さな顔はシェンヤを見つめ、小さな口が動いてウィドウ類の意思表示をつくる。

「呼びたい」

　ウィドウ類のシェンヤは正常な思考を失いそうになる。大量に体液を失ったせいか、よろこびのせいか。さらにささやく。

「きっと苦しいわよ。後悔するかもしれない」

「わかってる」

　ああ、でもわかっていない。たしかに物語は聞かせた。でも才腕のショキューとおなじ。おまえは体験していないことを頭でわかったつもりになっているだけ。強い視線を放つ人類の目から液体の滴があふれ、小さな頬にこぼれ落ちる。その滴を何度もこぼすことになるだろう。なぜなら娘の称号はあたえられるのではなく、奪いとるものだから。命を勝ちとるか、死ぬかだから。

シェンヤの心は愛と恐怖でいっぱいになる。

「よくわかった。いっしょにはじめましょう」

19

『エイヴテック記憶復旧プロセス』

『ステージ２』

『ようこそ！　ここまでの経験は快適だったでしょうか。ここからステージ２にはいります。次の記憶への反応は正確に予測できませんが、エイヴテックは会社のネットワークノードにて自動カウンセリングサービスを提供していることをご案内しておきます』

『記憶転送を開始……』

気持ちのいい闇の帳《とばり》が下りている。幸先がいい。

ウィドウ類のシェンヤはなじみのない植物のあいだを這い進んでいる。研ぎ澄まされた殺戮機械であるウィドウ類の外肢はほとんど音をたてず、自分でも聞こえない。

むしろ、周辺に散っているはずのオブザーバー類の気配を感じとれないことに困惑する。姿を隠す能力は一級品。狩りでは有用だろう。ほかはまったく役立たずだが。

森の下生えを進みながら、シェンヤの思考はつむじ風のように乱れる。人類がここにいる！　信じられない。数百万の種属がひしめく広大な銀河で、ウィドウ類と人類が邂逅する可能性がいったいどれほどあるのか。

闇のなかで笑ってあやうく口器を鳴らしそうになる。これも人類の作戦なのか。人口一兆の勢力をもって一種属で全銀河を相手に戦争をしかけたときからの計画なのか？　そんな人類に先祖を殺戮された娘が、彼らの最後の末裔をみつけることになろうとは。

シェンヤはウィドウ類だ。ウィドウ類は長い記憶を持つ。

高階層の強者の存在をじかに知っている。避けて通れない。銀河は混雑している。遠征において第三階層にはしばしば会う。ある第四階層の臨時代理人に会ったこともある。たしかに知性において恐れおののく経験だ。しかし巨大なライブラリアン類の船に遭遇して以来、自分の認識に疑問を感じている。もっとはるかに高階層の強者がいるのではないか。第六階層とか。それどころか第七階層さえも。そんな存在がウィドウ類の物語に興味を持ったのではないか。そうとでも考えなければ、こんな想像を絶する偶然が——完璧な復讐の機会が訪れるとは理解しがたい。

『熱と動きを感知しています』才腕のショキューが言う。

『そう。相手もおなじ感覚を使っているということね』シェンヤは答える。

昆虫が飛んでいる。発光する種類もいる。見ると故郷を思い出す。音も聞こえる。動物のたてる音らしい。正確には声というべきか。言語らしく聞こえる。もしかすると人類の言語か。

だとしたら、なんと不気味な生き物か。

「すげえだろう」ぎょっとするほどそばからオブザーバー類の声がする。「俺は大量の情報にアクセスできる。もちろん、ネットワークには接続してない。そこまでばかじゃねえさ。でも宙域のネットワークステーションごとに自分をおいている。だからなんでもわかる。いつでも検索できる。このコロニーの場所をだれも知らないのはたしかだ。知ってるのは俺だけ。あとはもちろん、てめえだ」

「すごいわね」

シェンヤはつぶやきながら、音をたてずに数本の外肢を伸縮させる。

『一パーセントの提案を後悔しているのではありませんか？　もし本当に人類がいるなら』ショキューが言う。

　シェンヤは答えない。この愚かなインプラントはウィドウ類の歴史を学ばない。すべてのウィドウ類の誓いを知らない。種属の仇敵を発見したらどうすべきか。利益など二の次で、種属全体がこの星をめざすだろう。千人の志願者も簡単につのれる。彼らと再訪して、安穏と暮らす人類を血まつりにしてやる……。

「見ろよ。どう思う?」オブザーバー類の声がささやく。

　シェンヤは森の端まで這い進み、木の途中まで登って眺める。百メートルむこうにある建物の集落に感覚を集中させる。

『焚き火ですね。村……かな』とショキュー。

『そうね』

　シェンヤは答える。言われるまでもない。見慣れた光景。村の中心での焚き火だ。自分の故郷を思い出す。しかし火をかこんでいるのはウィドウ類の共同体ではない。まったくちがう。醜悪な姿はオブザーバー類にそっくり。ただしもうすこし大柄で力が強そうだ。あの姿！　まちがいない。現代まで生き延びたウィドウ類全員の文化的記憶に刻まれている。二本の上肢と二本の下肢。皮膚、髪、そしてひどい体臭。一見すると無防備だが、そうではない。武器をあたえて、ウィドウ類の家族を見せれば、やつらは残酷きわまりない。

　シェンヤの口器がぴくりと動く。

オブザーバー類の声がどこからともなく聞こえる。

「見ろよ、あれを。まちがいなく人類だ！　かわいい獲物ちゃんだぜ」

『ネットワークにかけて、そのとおりですね』ショキューが言う。

「すごいわ」

シェンヤは小声で言って、外肢の先で近くの木をリズミカルに叩く。

シェンヤは困惑する。インプラントが自分より先に危険の接近に気づいたのは初めてだ。

『隠れてください。三人がこちらへ来ます』

シェンヤは静かに木に登って闇に溶けこむ。低く垂れた枝の上に伏せる。

オブザーバー類の声がする。

「気をつけろ。人類は幼い。かわいい脳細胞は迷信的で驚きやすい。てめえの姿を見たら、狩り殺すか、神さまとして神殿にまつるか、どっちかだぜ」

『いい考えですね。悪魔になってみるのも』ショキューが言う。

シェンヤは答えない。人類の女神になる気はない。

大きな二人がこちらへ歩いてくる。あいだに幼生を連れている。幼生は体に欠損があるかのようにろくに歩かない。ウィドウ類の幼生なら電光のようにすばやく走りまわるはずだ。しかし大人たちは気にしていない。幼い子の重みを上肢でささえるのがあたりまえというようすで、前後に揺すっている。幼い子は喉を鳴らし、小さな声で叫んでいる。

『かわいい……かもしれませんね』ショキューが言う。

シェンヤは夜闇のなかで噴気を吐く。

大人たちは幼生の手を放す。幼生は落ちるように地面にころがる。大人の一人が不透明な丸いものをさしだす。なにかの容器か。幼生は発光昆虫を指さし、短い上肢や下肢を無駄に振りまわす。興奮して倒れそうになる。大人たちは上肢を組んで立ち、幼生が下生えのあちこちへ走るのを見ている。発光昆虫を追いかけるがどれもつかまらない。大人はときどきつかまえて容器にいれる。しかし昆虫取りはついでで、幼生を見守るほうが目的らしい。

『なにをしているんですか？』ショキューがシェンヤに訊く。

ウィドウ類のシェンヤは影のように枝から立ち上がっている。

『だめです。いったいなにを。みつかってしまう！』ショキューがまた言う。

『転送中断』

『予想外の記憶の衝突が起きました。記憶庫がパラメータを調整するまでお待ちください……』

暗い。草の葉で膝がチクチクする。くしゃみが出そうになる。光る虫が逃げていく。彼女は笑って追いかける。森にはこの虫がたくさんいる。もっとたくさん飛んで光っている。彼女は笑って指さす。振り返って、指さすほうを両親が見ているかどうかたしかめる。母はこちらを見て微笑んでいる。父は母を見て微笑んでいる。安全で楽しい暖かな光にみんなつつまれている。

『転送再開』

シェンヤは枝にそって死神のように移動する。ゆっくり着実に、静かに。外肢が硬くこわばり、口器が引きつる。

『転送中断』

『対象者は記憶転送に抵抗しています。記憶庫がパラメータを調整するまでお待ちください……』

両親はこちらを見ていない。彼女の頭の上を見ている。こっちを見てと足を踏んで叫ぶ。虫はむこうにいる。暗がりにいる。それをつかまえたい。瓶にいれたい。虫を指さし、瓶を指さす。見てというのに見てくれない。どうして見てくれないのか。

『転送再開』


『やれやれ、みつかってしまいましたよ』ショキューが言う。

オブザーバー類もあきらめたようすでささやく。

「気づかれねえようにしろって言っただろう。さあ、引き上げるぞ」

シェンヤはどちらにも答えない。すでに狩人の目で人類を見ている。人類がこちらに気づいたのは、あえて姿をさらしたからだ。まず恐怖させる。それがウィドウ類の狩りだ。敵の感覚を嘲弄する。こちらはウィドウ類のシェンヤ。運命のように容赦ない。


『転送中断』

『対象者は記憶転送にまだ抵抗しています。記憶庫がパラメータを調整するまでお待ちください……』

父の手につかまれる。大きな声に驚く。大きな手につかまれた腕が痛い。彼女も父にむかって叫ぶ。森とは反対方向へ引きずっていかれる。虫がいるのは森のほうだ。引きずられるせいで瓶を落としてしまう。虫からも離れてしまう。突然、手が離れる。急いで落とした瓶に駆けもどる。なかから出てきた虫が翅を広げ、いまにも飛び立とうとしている。手を伸ばすが、もう遅い。虫は飛び立つ。胸の奥から悲しみが湧き上がり、泣きだす。母のほうを見て虫の逃げた瓶を見せようとする。でも母はべつのなにかに対して叫んでいる。そして、聞いたことのない音……。叫び声が途絶える。両親はどちらも倒れている。そちらに這い寄る。母はゆっくりと彼女に手を伸ばす。けれどその手が落ちて、息が止まり、目がうつろになる。もう動かない。

彼女はすこしだけ笑う。なにかの遊びかと思う。母はときどき彼女に気づかないふりをする。でもいまは父もそれをしている。父が気づかないふりをするのは初めてだ。なにかおかしいと思いはじめる。不安にさせるにおい。なにか聞こえる。硬いものを打ちあわせる音。なにかいる。見たことのないものがいる。黒く、鋭く、凶暴ななにか……。

『エラー発生。生命反応が下限値より低下。シャットダウンプロセスを実行……完了しま

した。現在の安全プロトコルにしたがって残りの記憶を消去……完了しました』
『記憶庫は対象者への医療処置を推奨します』

第三階層

20

リプタイド号に病院やクリニックはない。回復期の患者用のベッドもない。あるのは次の三つだ。

一、完全医療機能をそなえた大型の与圧スーツ。

二、育児本能がある筋肉と歯の大きな塊。

三、修理が得意なアンドロイド。

さいわいにもこれらで必要十分だった。おかげで娘のサーヤはいまの状態にある。生きて自分の部屋ですわっている。片腕は黒い樹脂と機械につつまれている。

「すごいだろう。フィルは僕の最高傑作だと言ってるよ」

ロシュがサーヤの肘から先をおおったその機械にふれ、大切そうになでながら言った。

　サーヤはベッドで起き上がった姿勢でふらふらしている。上体をまっすぐ保持するのに困惑するほど大きな努力がいる。

「フィルって？」

　ロシュは反対の手で自分の胸を軽く叩いてしめした。

「僕のヘルパー知性体だよ。僕より客観的にものごとを考えられるんだ」

「そう」

　膝に乗せた腕がずしりと重い。手は閉じている。手の甲は黒い金属と樹脂素材の層におおわれ、皮膚はほとんど見えない。しかし一時的なはずだ。動けと念じた。手が開くところを想像する。ウィドウ類の外肢の刃が広がるところを頭に描く。するとおもむろに一部のシリンダーが動作音をたて、花が咲くように指が開いた。内側には皮膚がある。金属が輝く機械のフレームのなかで、手のひらは汗ばんで温かく柔らかい。

　手を開くのは簡単だ。そのための腱は残っている。難しいのはその逆。ふたたび集中した。閉じろと念じた。強くつかむところを想像する。扼殺するところを想像する……。すると、腕の半分を灰にしてウィドウ類の思考を脳に焼きこんで以来初めて、指が閉じていった。

「やった！」

「残念ながら、きみの意思じゃないよ」ロシュが自分の胸を指さした。「僕が閉じた」

「なんだ……」

がっかりして見ていると、指は勝手に踊りはじめた。だまされた。

「そろそろ制御をきみに渡そうと思っていたところさ。運がいいよ。これはいい手だ。学習して意思にしたがうようになる……そのうちね。でも借り物であることを忘れずに。ひどい扱いをされたら貸主の僕はすぐわかるんだからね」

「いっしょにいろんなことをしたね」

サーヤの膝にのった複雑なハードウェアを、ロシュは軽くつついてやさしく声をかけた。指が勝手にぴくぴく動く。もとの持ち主への別れの挨拶か、それともただふざけているのか。

ロシュは黒いシリンダーの列の下をなでて、自分の問いかけに自分で歌うように答えた。

「そうだー、いっしょにー、やったよー。いろんなー、経験をー」

「ええと……」

手はサーヤの腿を勝手になではじめた。やっぱりふざけている。

とにかくこうして二日目がはじまった。マーがサーヤの部屋で悲鳴を聞き、本人が血を流して倒れているのを発見してから二日目だ。

脳の半分がウィドウ類になったサーヤとしては、鋭い外肢を持たない柔弱な人類の体で生活するすべを学ばねばならない。

そしてそれくらいはまだましだ。歩き方を学ぶよりはるかに不愉快なことがいくつもある。母がやった悪逆非道な行為の数々をこの目で見たというのも、まだ最悪ではない。最悪なのは、たとえば、それらを自分の行為として憶えていることだ。のちに娘と呼ぶことになる小さな人類に対する母の強い憎悪を、ただ目撃したのではない。自分の憎悪として経験した。複数の殺害行為を、自分の手がやったこととして思い出せる。生物学的な両親を自分の外肢の刃にかけ、熱い血を浴びた。その肉体を口器で裂いた……。

やめよう。

とにかく、最悪なのはそれだ。それらの行為を頭で拒否しても、本能は拒否しない。自分がやったことに恐怖しない。恐怖すべきだと感じるだけだ。どうあるべきかを頭で考え、仮説的に推測するだけ。

考えられるかぎり最悪のかたちで母と一体化した。それでいて自分自身でもある。自分の最初の衝動——執念といってもいいものは、いまも残っている。むしろ大きく、強くなった。人類の願望にウィドウ類の強さが加わった。

いま娘のサーヤの頭では一つの考えが燃えている。

同胞だ。

衝撃的だった。姿を見たのだ。この目で。当時は母の目だったとしても。

それだけではない。あいつを見た。生き残った人類集団を守る保護者。その金色の瞳をこの場にいるようにはっきり思い出せる。

〝宙域のネットワークステーションごとに自分をおいている〟

あいつはそう言った。その言葉が脳裏でくりかえされる。探しにこい、それまで同胞を守っておいてやると言っているようだ。

その招きに応じれば、ひきかえに多くのものを失うだろう。腕の腱や罪悪感くらいではすまないはずだ。

「おう、もう起き上がってるのか。そりゃよかった」

雷鳴のような声が部屋の入り口から響いた。

もの思いをやめて顔を上げると、扉口が毛と歯でみっちりと埋まっている。マーだ。強い育児本能ゆえに、苦しんでいるサーヤを八分間と放置できない。その熱い視線を無表情に受けとめ、動くほうの腕で上段のベッドをつかんだ。無理やり体を引き上げ、まっすぐに立つ。そうやって手で姿勢を保持し、震える両脚で体重をささえる。外肢ではないが、なんとかなる。

ほら見て、マー。保護が必要な弱い幼生じゃないのよ。わたしは娘のサーヤ。しっかりと立てる。世界を相手に戦える。

ふいに膝が崩れた。あわててロシュの手で上段のベッドにつかまる。機械は強い力で指を閉じ、サーヤは痛くて悲鳴をあげるはめになった。膝は完全に脱力し、他人の強烈な握力で上体を吊っている。もがきながら、かなり汚い種類のウィドウ類の悪態をついた。

「手はおまえのか、ロシュ」マーが訊く。

「そうさ。貸し出し中」

手がベッドの上段を放し、サーヤは下段に倒れこんだ。そのままずるずると床まで滑り落ちる。あおむけに寝てほっと一息。やっぱりこれが楽だ。

マーは床に寝ている当人をまるで無視して話した。

「彼女について考えたんだ。ばかなことをしたとはいえ、こうなったら仲間として扱っていいんじゃねえかな」

ロシュは答えた。

「フィルもおなじことを言ってるよ。無謀でむこうみずな行動は見ていて愉快だって」

「フィルって？」

「僕のヘルパー知性体だ」

「ああ。俺はヘルパーに名前つける習慣がないからな。それで嫌われるのか」

サーヤは天井をにらんで歯ぎしりした。自分の頭ごしにかわされるお気楽な会話が気にいらない。まるでただのフロアマットのような扱いではないか。こんなことは許されない。わたしは娘のサーヤだ。そんじょそこらにいない人類様だぞ。怒りをバネにして床に手をつき、とりあえず上体だけを起こした。

マーはふらつくサーヤを見た。

「やっと元気になったか。なにかほしいものはあるか？」

ある。注目だ。

次の一手を考える時間はたっぷりあった。この二人が顔をそろえたのなら披露するよい機会だ。

「さて——」まるで二人を呼びつけたかのように話した。床にじかにすわっているのは好きでそうしているだけで、だんじて記憶庫に脳をやられたせいではない。「——ビジネスの話をしましょうか」

マーは長い鉤爪でしめした。

「見ろよ。まともに歩けないくせにこの態度」

ロシュは身を乗り出して顔のレンズを光らせた。

「ビジネスだって？　僕はビジネスが大好きだよ」

予想どおり。こうなると最初から思っていた。マーはカモだ。ロシュは多少の説得を要する。念入りに練習したビジネスライクな口調になり、借り物の指で床をこつこつと叩いて話した。

「この船のもとの船主は死んだわ。そこでヘルパー知性体に調べさせたけど、わたしたちが所有権を主張してかまわないようね。積荷もいっさいがっさい」

エースのアイコンが視野の隅にあるが、いまはおとなしくしている。二日間ベッドに縛りつけられてよかったのは、ヘルパー知性体がよけいな口をきかないように再教育する時間がたっぷりあったことだ。

「ええと、フィルから質問なんだけど、きみのヘルパー知性体はサルベージ法に詳しいのかい？」

するとエースが事前に用意した資料を提示しながら、耳のなかでささやいた。

「〝ある程度〟と答えてよ。詳しくなったのはたしかに最近だから」

サーヤは資料の条文を読み上げた。

「〝第百五条第十九項、船主死亡の場合について〟」

ロシュのレンズの焦点がしばし遠くになった。

「ああ、それね。その規定を適用される側になったことがあるよ」

マーが歯をほじりながら訊いた。

「へえ、どうなった？」

「困ったものさ。死者が圧倒的に不利だ。僕は数日間、法的に死亡したせいで、自分の船を買いもどすはめになった。不当にもほどがある。そう思うだろう？」

マーはぼりぼりと体をかきながら答える。

「正直いって……それが普通だろう」

「まあいい」ロシュはサーヤにむきなおった。「じゃあ、この船が天下晴れて僕らのものだとしよう。それを前提に、どんなビジネスを提案するんだい？」

いよいよ第二段階だ。サーヤは泰然と床にすわって話した。

「この船倉は氷を満載しているわ。重水の氷よ。七百トンの酸化デューテリウム。積荷目録によればね。この大量の重水はいまや突然、市場価値が高騰している。短期的に。なぜならウォータータワーが宇宙の塵になったから」

昔のサーヤならここで声を詰まらせただろう。時間がたったおかげか、それとも頭の半分がウィドウ類になったせいか、平然と事件に言及できる。

「冷たいだけにね」ロシュがつぶやく。

サーヤは深呼吸。ここから第三段階だ。

「そこでその氷を売るのよ。得た金でネットワーク通行権を買う。この星系には永遠にさようなら」

ロシュが首をかしげた。

「行き先のあては？」

もう一度息を吸う。

「可能性は無限よ。生活の糧を得られる場所はいくらでもある。でもまず――」思いついたように軽くつけ加える。「――ブラックスターね」

二人はサーヤを見つめる。

「ネットワークステーションか？　なかでもでっかいところだ」とマー。

〝宙域のネットワークステーションごとに自分をおいている〟という言葉が頭のなかで反復する。

「そのでっかいところよ。どうせ通るんだから、見学に寄ってもいいんじゃないかしら」

「普通は立ち寄らず、手を振って通過するよね」ロシュが言う。

「金持ち相手の観光地だな」マーも同意する。

「新しい積荷をそこで仕入れるのよ」サーヤは言った。「それをどこへ運んでもいい。ブラックスターのサービスエリアは一億立方光年。八百個の星系とネットワークで接続している。この宙域だけでどれだけの商売になると思う？　幸運にも船の所有権を手にいれたわたしたちはそれを活用すべきよ」

ここでプレゼン終了。すこし息が切れた。二人の聴衆を順番に見て反応を待つ。

耳のなかでエースがささやいた。

「いい提案のしかただったよ。最後の一文はリハーサルから変えたようだね」

マーが歯を鉤爪で叩いて音をたて、体を揺らした。**《肩をすくめる》**という感情タグがついた。

「いいんじゃねえか」

「ロシュはどう？」サーヤはうながした。

「いいプレゼンテーションだったよ。よく練られた計画だ」

サーヤは大きく安堵した。

「そう。じゃあ、計画にそって——」

「ただ一つ問題がある」ロシュはさえぎった。「この船の船主は死んでいない」

サーヤは驚いてアンドロイドを見た。想定外の反論だ。

「フッドが……生きてるというの？」ひとりでに喉から声が漏れた。笑いだと気づいて自分で驚いた。「ありえないわ。最後に見たのはわたしよ。完全に死んでいた。かりにわたしが去ったときに息があったとしても、直後にウォータータワーは――」

「船主はフッドじゃない」

ロシュがまた言う。ネットワークユニットはその顔のレンズの隣に明るい文字で《愉快》とタグをつける。

サーヤは胃が苦しくなった。なにか見落としがあるのか。

「だれなの？」

ロシュはもう《笑い》の感情を隠さなかった。

「サンディだよ」

21

人類が会いにきたとき、サンディは船室にいた。何日も待っていた。第二階層の頭に考えが浮かんで行動に移すまで永遠のように長い時間がかかる。さらに負傷して生死のさかいをさまよっていたのだからしかたないところもある。それでも通知が脳裏に浮かんだときは驚いた。

『**ドア**』ヘルパー知性体が言った。

『**開けて**』サンディはすぐに返した。

人類が扉口に立った。この船に乗ったときから着たきりの汚れた汎用スーツは悪臭を放っている。ばかげている。真の種属名は船内に知れわたっているのに、いまさら体型を隠してどうするのか。負傷も治っていない。自力で立っているが、ふらついて危ない。全力でようやく直立している。

「こんにちは」

　人類は言った。サンディに声は聞こえないが、単純な標準語は唇の動きでわかるし、空気の振動を毛で感じる。人類は扉口でふらつき、アンドロイドの手で戸枠をつかんだ。視線の移動は予想どおりだった。サンディの体を見て、室内を見まわして、壁にかかったものにとまる。そして目を見開く。この感情表現はサンディの種属と共通だ。人類が理解するのに必要な時間をじっくりと待っていると……表情筋がふいに引き締まった。これを待っていた。

『**こんにちは**』サンディは言った。

　人類はすぐに答えない。反応を待つ。まだ壁のものを見つめている。目を奪われている。氷河のように低速な思考がすこしずつ動きだす。こういうときは学院時代がなつかしくなる。不愉快なクラスメートたちだったとはいえ、まともな会話ができる程度の知性階層はあった。人類はかろうじて第二階層に達した程度だろう。こうして扉口に立っているのがクラスメートなら、もう用件はすんでいるはずだ。ネットワーク語の単語を一つ言えば十を理解できる。そんな高階層者同士の会話をこの第二階層者が見たら、会話とは思わないだろう。

　人類はまもなく言うはずだ。壁にかかっているものからなんとか視線をはずして、緩慢な話しかたでこう言うだろう。

あなたが船主だそうですね。

そうですわ。

サンディは答える。あとは第二階層の頭でもおのずとわかるだろう。この人類はあくまで客だ。船室の所有権はない。それどころかバー食品を代謝する権利も、酸素を消費する権利もない。この船はサンディのものであり、それらは厚意であたえるものだ。人類とほかの第二階層者はただの乗客だ。

提案がありますと、人類は言うだろう。怒りを隠そうとするだろうが、不機嫌でいらだっているのはすでにあきらかだ。

この人類はウィドウ類の記憶と、少なからぬウィドウ類の性質を受け継いでいる。調べたかぎりでは、この組みあわせは強力だ。人類の過剰な自意識と、境界線や命令をないがしろにする態度。ウィドウ類の狩人らしい集中力と、危険な怒りと、暴力嗜好。これらが一体となったものがいま扉口に立っている。この人類には目的がある。自分の意思でそこへむかおうとしている。自分の運命を自分で決めたがっている。

しかし重要な教訓をまだ学んでいない。

自分の運命を自分で決められる者は、この銀河のどこにもいないのだ。

さあ、訊きなさい、人類。視線を惹かれる壁のものについて問いなさい。彼は自分の運命を自分で決めたのかと。

四眼のうち二眼を使って壁に固定されたフッドの予備のフェイスプレートは答えるだろう。いいや、決められなかったと。

あの賞金稼ぎは、自分が高階層者の気まぐれであやつられる駒だと気づいていなかった。それでもこの人類より〇・一階層は高い知性を持っていた。あれがウォータータワーで死ぬことは一標準年以上前に決まっていた。サンディと会うより昔だ。それが不可避になったのは学院でのある夜、サンディのライバルの生徒が得意満面で部屋を訪れたときだ。

ライバルは扉口にしゃがんで言った。

『こんにちは、サンドニバス。点数を見た？』

ライバルは二・九階層にすぎない。そのため発言はサンディより単純だが、それでも分析して意味を読み取らねばならない。この発言の趣旨はこうだ。おたがいによく知っている文書が発表された。わたしはあなたより上だった……。

『暇がありませんの』

サンディは答えた。その意味は、点数など気にしないし、あなたのことも気にしない……。

『わたしが首席よ』

ライバルはすまし顔で言った。気にするはずよ。発表会にはあなたではなくわたしが出る。学院が送り出す種属の輝く頂点はわたし。あなたではない。わたしは名誉を授かり、もてなされる。ネットワークのどこへでも無料で旅行できる権利を得る。百年後にクラスのみんなが成熟したときに、わたしは配偶者をあたえられ、あなたはあたえられない。なぜなら、サンドニバス、あなたは次席だから。わたしは首席で、あなたは下だから……。

『幸運を祈りますわ』

サンディは言った。これはそのままの意味だ。

それから一年後、サンディは午後の日課の昼寝のさいちゅうに緊急メッセージで起こされた。学院の栄えある首席生徒が不運なめに遭った。なんと、仕事熱心すぎる衛生設備のせいで負傷したのだ。そのため次席のサンディがかわりに発表会へ行くことになった。ところがサンディがドックに出むいてみると、不運に遭ったのはあのライバルだけではなかった。

『いったいどういうことだ！』

引率者がドックの知性体に詰問した。サンディに割りあてられた引率者は学院で最悪と衆目が一致していた。狭量で、知性は二・三階層しかなく、いつも怒鳴っている。いまも一言ずつ骨質の指を突きつけて叫んでいる。

『五十日前にこの船を予約したんだぞ！　二時間以内にわたしたちを出発させろ。さもないと残り一生、ゴミ拾いをやらせてやるからな！』

一・九階層のドックの知性体は冷ややかに答えた。

『船は予約されています。しかしパイロット知性体を予約されていません。本日動けるパイロット知性体はあの船に割りあてられています』ドックの端にはいっている四人乗りのちっぽけな船がハイライト表示された。『今日じゅうに出発なさりたいなら、可能です。出発枠は二十四分後です』

『そうか、あれに乗れというのか』引率者は骨質の足を踏み鳴らした。『ふざけるな。ほかの学院の関係者からどう思われる？』

『あまりよい体裁ではないでしょうね。それでも二十四分後の出発枠で行くか、四日待つか、どちらかですよ』

引率者はそれから二分間を怒鳴って浪費した。しかしドックの知性体は冷淡だ。引率者はサンディを引きずって指定の船へ行った。そしてさらに二分を費やして、二十人いた首席生徒付きの同伴者を、自分をふくむ三人に減らした。

いらだったメッセージが飛びかうのをサンディはのんびり眺めた。出発枠が近づいてもあとの二人が来なかった。一分を切って、引率者は金切り声をあげた。

『エレベータが故障でもしたのか？』

ついに出発案内が点滅しはじめた。

『発表会を欠席するわけにはいかない。わたしたち二人だけで行こう』

サンディの意見は尋ねられなかった。いつものことだ。

ライバルの負傷にはじまった運不運の連鎖はまだ止まらなかった。出発から二日目に大きな不祥事が発覚した。学院が出発許可を出したこの船は、前回の定期メンテナンスをすっぽかしていたことがわかった。そのためにいくつかの不具合が起きて、緊急整備が必要になったとパイロット知性体があかした。

『どうしてそんなことが起きるんだ？』

引率者はまた詰問した。パイロット知性体は答えた。

『起きたことはしかたありません。発表会にはまだまにあいます。次の中継ステーションは小規模ですが、ドッキング可能と管理者は答えています』

『そりゃ幸運だ。ついでにパイロット知性体も交替だ！』

ステーションへは無事に近づいたが、引率者はいらいらと歩きまわって悪態をつきつづけた。サンディは近づかないように、目立たないようにした。そして船が狭い格納庫におさまろうとしているときに、できるだけ静かにバー食品の包装をあけたが、それが引率者の癇にさわったらしい。歩きながら怒鳴られた。

『もっと静かに食べられないのか』

『ごめんなさい』

サンディはそっとバー食品をかじった。ほとんど減らないほどだ。それを引率者はサンディの手から取り上げて床に捨てた。

『ごめんなさいですむか！　きみもごめんなさい、来るはずの同行者もごめんなさい、この二日間交渉した知性体もみんなごめんなさい、醜悪なきみたちの種属全体がごめんなさい。謝るだけならクズでもできる！』

見かねたようにパイロット知性体が割りこんだ。

『そろそろステーション管理者が乗船します。その小柄な生徒さんとおなじ種属だったらどうしますか？』

引率者はすぐにむきなおった。

『そうなのか？　ならば彼にも言ってやろう』

ちょうどこのときサンディは苦しみはじめた。バー食品の塊が喉に詰まったのだ。多数の足でその喉をしめして、多数の目を苦しげに開閉する。身もだえて座席から床に落ちた。

『ああ、大変だ！　毛玉の生徒！』

引率者はステーション管理者のことなどすっかり忘れてサンディに駆けよった。持ち上げて逆さにして振る。そうやって気道に詰まったものを出すつもりらしい。

『わたしが死んでいいというまで死ぬんじゃない！』

パイロット知性体があわてて忠告する。

『乱暴にしないで！　けがさせないように！』

かくして定員四人の船のハッチが開いたとき、船内はおぞましい暴行現場の様相を呈していた。身長二メートルの骨のように痩せた種属が、小さく丸い毛玉と目玉の種属を逆さに高く持ち上げ、悪態とともに振りまわす。船の知性体はやめろと叫ぶ。昇降ランプに立った中継ステーション管理者はこれを目撃した。

引率者が不運だったのは、彼がサンディのごく少数の同伴者一行しか見たことがなく、種属の多様性を知らなかったことだ。知性に特化した血統である〝思考者〟は、頭脳以外は小さく弱い。しかしまったく異なる目的に特化した血統もいる。たとえば体重二百五十キロの筋肉と鉤爪と歯と攻撃本能の塊。それが弱い同胞の虐待現場を目撃したらどうなるか。

数秒後にそのストロングアーム類（知性は一・九階層にとどまる）は、サンディの毛に飛び散った引率者の血をなめてきれいにしながら、謝った。

『すまねえな。おまえがあんなことをされてるのを見て……あとのことは憶えてねえ。本能で動いちまった』

　サンディは体を縮めて震えた。咳はすっかりおさまったが、震えはますます強くなっている。ストロングアーム類を見上げながら、真の感情が視線にあらわれないように全力で自制している。このときのためにまえまえから準備していたのだ。予行演習さえしていた。ここで満足げな表情など浮かべたらだいなしになる。

『ああ、ネットワークに感謝を。とても怖かったわ』

『もう大丈夫。俺はマーだ』

　ライバル生徒は二・九階層。引率者は二・三階層。運搬、整備用のドローン、掃除機、衛生設備などは平均一・七階層。ストロングアーム類のマーは一・九階層。アンドロイドのロシュ、レッドマーチャント類のフッド、そしていま扉口に立って壊れそうなほど震えている人類は、いずれも第二階層の底辺付近だ。彼ら低階層者はこの一年でさまざまな運不運を経験した。見て、実感した。だから、じつは運など存在しないとは想像もしない。それぞれが目に見えない小さな形で高階層者の目的のために働かされたとは気づかない。

　実際には、彼ら全員が、七歳の第三階層者の家出を手伝わされたのだ。

　運は魔法ではない。見えない糸と計略がおりなすものにすぎない。ネットワーク銀河には穴があり、ゆがみがあり、盲点があり、無法地帯がある。衛生設備やエレベータに新機能をしこむことは難しくない。整備ドローンの注意をそらし、スケジュール管理知性体を混乱させることも容易だ。中継ステーションでだれかをある職務につけることも、そのために前任者を事故で退任させることも、わずかな手間と準備とネットワークの知識があればできる。銀河には科学技術より豊富に低階層の知性体がいる。彼らに共通するのは、上を見ないことだ。高階層者が簡単な操作で目的を達するとき、低階層者はただ首を振って、運だという。

なにも気づかないのだ。

この人類もそうだ。サンディの船室の扉口に立ってフッドのフェイスプレートをまじまじと見ている。のっぺりとしてほとんど目がない顔に、大きな困惑をあらわしている。サンディの部屋に賞金稼ぎのフェイスプレートがかかっている理由を考え、低階層の頭で仮説を組み立てている。数日は考えつづけるだろう。高階層者の神秘性の一つとみなすだろう。いずれそれが必要になる。

人類を見るうちにいらいらしてきた。部屋に足を踏みこんで三秒近くたつのに発話がない。もういい。会話の機会はあたえた。あとはこちらからだ。

『積荷はもう売却ずみですわ』意味ありげに間をおいてつけ加える。**『残らず』**

人類の視線がこちらにもどる。口がゆっくりと半開きになる。持ち主の意思とは関係なく動くらしい。サンディがいくつも先手を打っていることを、この惰弱な精神はようやく気づきはじめている。想定外らしい。話の流れを二、三種類予想して答え方を考えていた程度だろう。渋られた場合、寛大だった場合など。相手があらゆる点で狡猾で、迅速で、高度だった場合は考えていなかったはずだ。

サンディは続けた。

『同乗していただいてかまいませんことよ。この星系を離れるまえに最初の購入者に積荷を届けます。二番目の購入者はブラックスターにいます。この二者で売却完了ですわ』

人類の口がゆっくりと閉じた。見ていて恥ずかしく、不愉快なほどゆっくりだ。無毛の顔に感情が浮かび、すぐに続いて困惑が広がる。裏をかかれたと理解したのだ。にもかかわらず望みどおりの結果になっている。人類は言った。

「話が早くてよかったわ」

サンディはまばたきで微笑んだ。

『運がようございましたね』

22

「おはよう、みなの衆！」

調理室の天井からうるさい声がサーヤの耳に届いた。なじみのない訛りがある。

「パイロット知性体のアーニー先輩の参上じゃ！　人称代名詞は彼、独立種属、二・七階層などなど。ネットワーク転送までよろしゅう頼むぞ！　枠が空くのは……なんと四日後じゃ！　やれやれ、ケチくさいのう。この船の知性体が教えてくれればよかったんじゃが、こいつはえらく無口じゃ。まあ、かまわん。わしがかわりにたっぷりしゃべるぞ」

調理室の席にすわったサーヤは汎用スーツのなかが汗だくになっていた。船の冷房システムはアーニーの声をかき消しそうな騒音とともに最大出力でまわっている。リプタイド号は乗客の生命維持のために必死で働いている。通路を歩きまわるマーが心配だ。ふさふさした毛皮のせいで暑くて死にかけているのではないか。サーヤはといえば、指がぎこちないうえに汗で滑ってバー食品の包装をなかなかあけられない。

「とにかく、みなの衆、アーニー先輩が担当になった幸運をよろこべ！　ブラックスターに所属するパイロット知性体は二、三兆もいるが、アーニー先輩が最高じゃ。安心して命をあずけてくれ。たとえば、おぬしらは放射熱の問題をなにも考慮しておらん。恒星にこれだけ近づくなら船の反射塗装をやりなおしてから来るもんじゃ。しかしアーニー先輩ならうまくやってやるぞ。大型貨物船の影にまわって温度が上がりすぎんようにする。利口じゃろう？　利口なんじゃ、アーニー先輩はな！」

　こんなふうに十八日目ははじまった。

　日数をかぞえる起点はステーションの破壊ではなく、母の最悪の記憶を自分の精神に招きいれたときにした。影響が大きいのはそちらだった。場ちがいな状況で奇妙な、とりわけ暴力的な考えが頭に浮かぶことに慣れた。社会的葛藤を感じる場面で相手のはらわたをえぐり出す解決策を考えがちな自分を受けいれた。夢は……まだ慣れない。

　悪いことばかりではない。船内の人々からの見られかたもその一つだ。ウォータータワーの療育クラスに通う劣等生だったことはだれも知らない。いまのサーヤは娘のサーヤだ。目的のためならいとわず片腕を犠牲にする。人類であると同時にウィドウ類の怒れる目を持つ。偽の登録情報で潜伏し、賞金稼ぎを返り討ちにした……と思われている。畏敬の念を持たれているといっても過言ではない。

船内の大半からはそう見られている。

顔を上げるとサンディの部屋のドアがある。船内の三人――法定内の三人のなかで、あの第三階層についてどうしても考える。彼女はだれからも真実を引き出す。二つの種属の神話伝承大系をすべて読んで統合し、いくつかの見解を追加して、大問題の解決策を提示する。賞金稼ぎのフェイスプレートを壁にかけている。七歳にしてこの船の船主。同行の父親は娘の知性にはるかにおよばない。サーヤもやすやすと出し抜かれた。しかも一度ならず。全員をつねに監視していて、動機は不明。

そのサンディもまたブラックスターが目的地だという。

咳きこんで、口からバー食品の砕けたかけらが飛び出した。最後のひと口をまだ咀嚼していなかったようだ。サーヤはロシュの手で口もとをおおって、ばつの悪い思いで通路を横目で見ながら後始末をした。そそっかしく見えただろう。

行き先が一致したことに理由が必要だろうか。ブラックスターへ行くというこちらの目的はかなえられた。希望どおりになったのだからよけいな疑問を持つことはないだろう。さまざまな計略やたくらみが無駄になって惜しいとでもいうのか。高階層の頭が決めたことに相乗りする。それでいいではないか。

考えながら、ロシュの手で残りのバー食品を砕いた。宇宙の仕組みはとても不愉快だ。

通路のマーが低く響く声で言っている。

「これは俺たちの船だ。正しくは仲間の一人が所有してるんだが、おなじことだ。自分たちの手で入港させたほうがいい」

サーヤはバー食品の残りをつぶして粉末状にはじけさせた。やはりよくない。決定は重要だ。もう自分の将来を他人に決められたくない。ロシュの手でテーブルを叩くと、粉末が飛び上がった。ゆっくり、さりげなく、たいしたことではないような態度で立ち上がった。

天井から声がしゃべりつづけている。

「あの毛玉っ子もおなじことをアーニー先輩に言ったもんじゃ。わたしは第三階層、あなたは二・七階層。わたしが入港させたほうがよろしいんじゃなくて、だと。どう答えたと思う？　いつも言ってることさ！　わしはあんたが持たないものを持っとる。あんたの聴覚センサーでこの豪華絢爛な宇宙の音が聞こえるのかいってな。不肖二・七階層でも、かぞえきれんほどの精神と接続しとる。六兆もの仲間の精神がこのちっぽけなブラックスター周辺を飛んどる。そしてこの三千年間、衝突事故は一件もない。いくら階層が高かろうが、この記録だけは負けねえってんだ」

長広舌のあいだにサーヤは調理室から通路に出た。壁ぎわに寄って、低い声でしゃべるマーの横を通ろうとした。

「六兆の精神だと……」マーは鼻にかかった声で言う。三本の鉤爪があやうくサーヤの脚を引っかきそうになる。「このちっぽけなブラックスターだと……」

「トンネルのむこうがどうなっとるか知っとるのか、毛玉野郎？　ブラックスターの全貌を知っとるのか？　亜空間の永遠の迷子にならずにむこうまで飛べたとして、あるいは数兆の宇宙船がひしめくところを事故なくすり抜けられたとして、最後は半径数百光年でただ一つのネットワークステーションにうがたれた直径一キロメートルの穴を抜けて出てこなくちゃならんのだ。へたを打てばいくつかの星系を数世紀にわたってネットワークから脱落させる。戦争の一つや二つは軽く起きる。だからアーニー先輩と仲間たちにまかせろと言うとるんじゃ。あんたらの先祖が発芽や排卵や産卵をはじめるよりはるか昔から、わしらは船を安全に案内してきた。アーニー先輩はあらゆる秘訣を心得ておる」

「アーニー先輩にまかせろ、か……アーニー先輩は秘訣を心得ている、か……」

「それから空調システムをさっさと最新式に改修しろ！　まったく、わしは温度上限を一・五度も超えた環境で稼働しながら、この太陽近接軌道をあと四日も行くんじゃ。まるで自殺希望者がとるような軌道じゃ」

　サーヤはその意見に同意しつつ、梯子の最上段にとりついた。補助なしでいけるだろう。

足もとを見下ろして、やや引きつった笑みを浮かべた。脚はもう考えなくてもひとりでに動いている。大丈夫。

ところが大丈夫ではなかった。ひとりでにできるはずの動作が腹立たしいほど難しい。集中して、体の各部にそれぞれの任務をひとつずつこなさせる。ゆっくり、震えながら。ときどき失敗してひやりとしながら、ぎこちない手足を一段ずつ下ろしていく。そうやって貨物ベイをめざす。スイッチを蹴ったときに、つかんだ手がはずれそうになった。パニックを抑えてなんとか足もとを見ると、青黒い貨物ベイの入り口が開いている。ここでまだ半分だ。

灼熱の上部区画から比較的涼しい貨物ベイに下りると、笑顔になってほっと息をついた。氷の溶けた水が数センチたまったところに飛び下り、滑ってころびそうになった。水びたしのトンネルを歩く。アーニー先輩の辛辣な演説が貨物ベイにも響いている。遠くてもはっきり聞こえる。こんなふうに四日間ぶっ通しでしゃべるつもりだろうか。

「第九基盤をアーニー先輩が扱えんと思うのか？　おまえさんが醜い毛玉の足を動かすくらいに簡単じゃ。もちろんアーニー先輩は第九基盤を扱える。ただパイロット知性体は前進だけでなく、横移動もさせられるんじゃ。第九基盤を扱えるかと、あやつからも訊かれた。エイヴテックは製造をやめてしもうたがな」

スーツはハッチを閉じて停止していた。ようやくたどり着いたサーヤは腹を立てた。ブーツはすでに防水性を失っている。両腕を広げてバランスをとりながらよたよたと歩いてきた。爪先からかかとへ広がる冷たさに歯を食いしばって耐える。

「イレブン！」呼びかける声の白い吐息もよく見えない。

イレブンのホロリングが投光器のようにまばゆく輝き、真っ赤なロゴが闇のなかに浮かんだ。

「エイヴテックR2万能自律環境をお選びいただきありがとうございます。あなたの一日のためにお手伝いできることをお申しつけください！」

「あけて」

冷たい水で濡れた足がこれほどつらいものだと初めて知って、足をもじもじさせる。しかしスーツはすげなく答えた。

「ただいま定期点検中です！　またの機会にどうぞ！」

「イレブン！」

サーヤは水をはねとばして近づき、スーツの前面をロシュの手でバンバンと叩いた。すると内部から固定ボルトが動く音がして、スーツは開きはじめた。吹き出す熱い空気が髪を乱す。

「ありがとう、女神さま」すこし退がって昇降階段が下りてくるのを待った。「アーニー先輩の話を聞いてたら気がへんに――」

ふと言いよどんだ。

昇降階段の上に鈍い赤い光がある。何十個も光っている。

『ご用かしら』

サンディが訊く。その言葉は視界にも輝く赤で表示される。

多数の目を見て急に居心地悪くなった。なぜいままで思いいたらなかったのか。リプタイド号がサンディの所有物だとしたら、イレブンもそうだ。不安は怒りに転じた。何度も命を救ってくれたイレブンは、他人の所有物だったのだ。イレブンは――そうだ、言ってしまおう――友だちだと思っていたのに。

考えるより先に口が動いた。

「そうよ。会いにきたの。わたしの――」

ふいにイレブンのホロリングが赤から金色に変化し、大きな音声が響いた。

「医療モードにはいります！　娘のサーヤからのご指名を感謝します。可能なら歩いてなかへおはいりください。歩けないなら歩けないとおっしゃってください。こちらから収容します」

『スーツ。医療モードを終了しなさい』サンディが動かずに言った。

「スーツの基本動機は使用者の安全で――」

『スーツ。いまはわたしの所有物なのよ。医療モードを終了しなさい』

スーツは下から上へかすかに身震いした。そしてホロリングは赤にもどった。

「ちょっと――」

サーヤのなかでウィドウ類の本能が頭をもたげた。自由に動けないし、鋭い外肢もない。しかし目のまえの小さな毛玉生物を痛いめにあわせるくらいの筋肉はある。

「――黙って聞いてれば――」

「みなの衆、よい知らせじゃ！」突然、アーニー先輩の騒々しい声が響いた。声だけでなく、燦然と輝く文字がサーヤのオーバーレイにも表示される。「四日待つはずじゃったが、なんと！　驚くな！　アーニー先輩の剛腕で転送枠を前倒しさせたぞ！　あと三十分弱でこの星系とはおさらばできるぞ。さあ、みなの衆、ご唱和を。アーニー先輩は最高！」

昇降階段の上でサンディが身震いした。

『三十分後？　四日間こちらにいるはずでしたのに』

「おや、うれしくなさそうじゃのう。アーニー先輩はあらゆるツテを使って顧客の希望をかなえるんじゃ。だからこそ毎度ご指名がかかる。アーニー先輩をまわしてくれ！　ブラックスターで最高のパイロット知性体を、とな！」

サンディの身震いが全身に広がるのを、サーヤは目を丸くして見守った。小さな口が動いてかん高い声が漏れる。大型の個体であればうなり声に相当するものだろう。

『延期してくださらない？』

「自分だけがアーニー先輩の顧客だと思うとるのか？　先輩にも守らねばならんスケジュールというもんがある！」

サンディはかん高い声を漏らした。震えや見開いた目がなければかわいらしく聞こえる。鉤爪をかりかりと鳴らしながら昇降階段を横に二往復。ついで階段を駆け下り、床にたまった水の上に飛び下りた。小さな姿でちょこまかと梯子へ駆けていき、鉤爪の音をたてて登っていった。

茫然と見送ったサーヤは、振り返ってイレブンに訊いた。

「なにごと？」

メカ・サムライ・エンパイア（上・下）

Mecha Samurai Empire

ピーター・トライアス

中原尚哉訳

大日本帝国統治下のアメリカ西海岸の「日本合衆国」。軍人の両親を失ったゲーマー不二本誠は、皇国機甲軍のメカパイロットをめざすも、士官学校入試に失敗してしまう。絶望する彼だが、思わぬことから民間の警備用パイロット訓練生への推薦を受けることに……。衝撃の改変歴史ＳＦシリーズ第二作。解説／堺三保

ハヤカワ文庫

ネクサス（上・下）

NEXUS

ラメズ・ナム
中原尚哉訳

ポストヒューマンの存在が現実味を増し、その技術が取り締まられるようになった近未来。記憶や官能を他人と共有できるナノマシン、ネクサス5を生み出した科学者ケイドは、その存在を危険視した政府の女性捜査官サムに捕らわれてしまい中国の科学者朱 水 暎《ジュウ・スイイン》を探るスパイとなることを命じられるが⁉　解説／向井淳

円環宇宙の戦士少女

Defy the Stars

クローディア・グレイ

中原尚哉訳

惑星ジェネシスの戦闘機パイロットであるノエミは、〈ゲート〉防衛戦のさなか、遺棄された地球の調査船の中で人間そっくりのロボットを発見する。アベルと名乗るそのロボットから〈ゲート〉を破壊する方法を聞き出した彼女は、故郷の星を救うため〈ゲート〉により円環をなす５つの世界へと旅立つことを決意する！

折りたたみ北京

現代中国SFアンソロジー

INVISIBLE PLANETS

ケン・リュウ編

中原尚哉・他訳

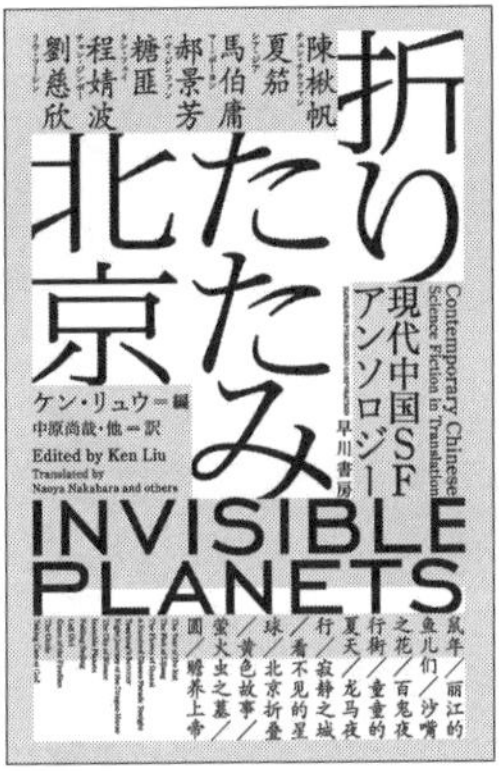

〔ヒューゴー賞／星雲賞受賞〕十万桁まで円周率を求めよと始皇帝に命じられた荊軻は三百万の軍隊を用いた人間計算機を編みだす。『三体』抜粋改作にして星雲賞受賞作「円」、三層都市を描いたヒューゴー賞受賞作「折りたたみ北京」などケン・リュウが精選した七作家十三篇を収録のアンソロジー。解説／立原透耶

ハヤカワ文庫

タイムラインの殺人者

The Future of Another Timeline

アナリー・ニューイッツ

幹　遥子訳

一九九二年。コンサートの帰り道、女子高校生ベスは殺人の共犯者となる。二〇二二年、歴史の修正を試みる任務のため、時間旅行者テスは一八九三年のシカゴに向かい、タイムライン編集を試みる。二人の女性の人生が交差するなか、タイムライン編集戦争が激化するが……。新世代タイムトラベルＳＦ　解説／橋本輝幸

われらはレギオン 1

ＡＩ探査機集合体

WE ARE LEGION (WE ARE BOB)

デニス・Ｅ・テイラー

金子 浩訳

天才プログラマーのボブはＳＦ大会の会場で交通事故にあい死亡した。目覚めると、なんとそこは百十七年後のアメリカで、恒星間探査機の電子頭脳になっていた！　はからずもほぼ無尽蔵の寿命と工業生産力を手に入れたボブは、人類の第二の居住地を探すために大宇宙へと旅立つが……宇宙冒険ＳＦ三部作、開幕篇！

ハヤカワ文庫

レッドスーツ

Redshirts

ジョン・スコルジー
内田昌之訳

〔ヒューゴー賞&ローカス賞受賞〕

銀河連邦の新任少尉ダールは、憧れの宇宙艦隊旗艦に配属される。だが、彼と新人仲間はすぐに周囲で奇妙な事象が頻発していることに気づく。自分たちは何かに操られているのか……？　アメリカＳＦ界屈指の人気作家スコルジーが贈る宇宙冒険ユーモアＳＦ。解説／丸屋九兵衛

ハヤカワ文庫

訳者略歴　1964年生，1987年東京都立大学人文学部英米文学科卒，英米文学翻訳家　訳書『サイバー・ショーグン・レボリューション』トライアス，『荒潮』陳，『ネクサス』ナム，『神の水』バチガルピ（以上早川書房刊）他多数

HM=Hayakawa Mystery
SF=Science Fiction
JA=Japanese Author
NV=Novel
NF=Nonfiction
FT=Fantasy

最終人《さいしゆうじん》類《るい》
〔上〕

〈SF2320〉

二〇二一年三月　二十　日　印刷
二〇二一年三月二十五日　発行
（定価はカバーに表示してあります）

著　者　ザック・ジョーダン
訳　者　中《なか》原《はら》尚《なお》哉《や》
発行者　早川　浩
発行所　株式会社　早川書房

郵便番号　一〇一 - 〇〇四六
東京都千代田区神田多町二ノ二
電話　〇三 - 三二五二 - 三一一一
振替　〇〇一六〇 - 三 - 四七七九九
https://www.hayakawa-online.co.jp

印刷・株式会社亨有堂印刷所　製本・株式会社川島製本所
Printed and bound in Japan
ISBN978-4-15-012320-8 C0197

本書は活字が大きく読みやすい〈トールサイズ〉です。